Los niños suicidas y otras catástrofes

1ª edición, 2024

© Luis S. Villacañas de Castro
© Guillermo Escolar Editor S.L.
Avda. Ntra. Sra. de Fátima 38, 5ºB
28047 Madrid
info@guillermoescolareditor.com
www.guillermoescolareditor.com

Diseño de cubierta: Javier Suárez
Maquetación: Equipo de Guillermo Escolar Editor

ISBN: 978-84-19782-44-1
Depósito legal: M-6847-2024

Impreso en España / Printed in Spain
Kadmos
P.I. El Tormes - Río Ubierna 12-14
37003 Salamanca

Luis S. Villacañas de Castro

Los niños suicidas y otras catástrofes

**Guillermo
Escolar**
E D I T O R
Desclasados

Presentación

En arriesgado matrimonio, este libro reúne relatos separados por veinte años de vida. El primero de ellos, *Los niños suicidas*, es una novela corta (o un cuento largo) escrita entre 2001 y 2005, cuando todavía era un estudiante y podía asomarme a mi infancia con cierta fidelidad. A través de los ojos de una pléyade de personajes vulnerables, la obra hace un retrato delirante de un mundo que empezaba a convertirse entonces en la catástrofe que indudablemente es ahora. La narración persigue a sus protagonistas a través de guerras y éxodos, terremotos, incendios e inundaciones, y todo ello para rendir homenaje a los verdaderos supervivientes de todas las épocas: los niños (mientras lo son) y el amor por la literatura. Aunque solo sea por su fuerza visionaria, creo que la obra ha envejecido bien; de ahí que merezca salir de donde estaba encerrada y acompañarse ahora de relatos mucho más jóvenes, que compuse entre 2018 y 2023. Estos cuentos —*Otras catástrofes*— no consisten ya en las ensoñaciones de un joven solitario que afirmaba su fantasía sobre todas las cosas, sino que ofrecen las pesadillas, obsesiones y miedos de un hombre de mediana edad. Son, por así decirlo, las experiencias que cabría esperar de un niño suicida que, por arte de magia, hubiese sobrevivido hasta fundar una familia. En estos relatos, las catástrofes ya no se manifiestan en los desastres de la realidad, sino en la confusión y la locura que penetran en la interioridad del narrador y le llevan a dudar de su propia existencia. Son catástrofes internas, en un mundo que se ha alejado definitivamente. A caballo entre la autoficción y la literatura fantástica, estos cuentos son la expresión mítica, trágica, a veces cómica, de las tensiones con las que, en medio de un universo que se disuelve, construimos y destruimos la vida familiar.

Burjassot, otoño de 2023

LOS NIÑOS SUICIDAS

También oscuro el día del año, triste infancia,
cuando el muchacho a frescas aguas, peces argénteos, suave descendía
serenidad y faz;
cuando pétreo se arrojó ante furiosos potros negros,
en noche gris vino sobre él su estrella.

Georg Trakl, 'Sebastián en sueño'

MUSSIL

No es suerte ni desgracia, para Moritz, que el inválido Hoffman viva en el cuarto piso, ni que su botón correspondiente, sobre la pared, sea de los que cuesta trabajo alcanzar. Pues no es imposible. El enano ha utilizado su zapato izquierdo para golpear el llamador, a veces equivocándose. Eso hizo hasta que una voz le dijo que parara. Entonces pidió ayuda a peatones que cruzaban, o a vecinos somnolientos que entraban o salían del portal. Pero una o dos veces por semana el mundo está vacío, echan las tiendas sus candados y nadie sale a trabajar. Ha subido entonces a las moreras desnudas que hay plantadas en la acera, se ha balanceado sobre ellas hasta que daban de sí, y de brazo humano ha usado sus ramas.

En el cuarto piso, Penélope abrigaba a Hoffman, su primo inválido, para que pudiera salir. Parecía que lo estuviese ahorcando con una bufanda gris y gruesa alrededor del cuello. El sonido del timbre inundaba los dormitorios, la cocina y el pasillo, y llegaba allí donde la señora Woolf fregaba los platos sucios de cara al ventanal. Antes de cruzar el umbral de la puerta y bajar por el montacargas, el inválido pudo ver sus cabellos cayéndole por la espalda, como si fuesen serpientes dormidas. Era la primera vez que veía a Woolf trabajar con el pelo suelto, una enorme mata gris y castaña. Su cabello ya no formaba una torre gruesa al final del cuello, aquel moño rígido y circular que llevó puesto desde el primer día. Ella les había dicho que el pelo recogido era más adecuado para limpiar, pero ahora Hoffman no sabía si debía creerlo. Porque, en realidad, la señora Woolf parecía más alegre con el pelo suelto: a través del corredor oscuro, el eco de su garganta llegaba claro y tibio, dando cuerpo a una canción extraña.

El paralítico retuvo la imagen de la mujer cantando, junto con la melodía. La gritó en voz alta en la soledad del ascensor, y la cantó segundos después, sobre la acera, mientras su amigo Moritz descendía por las ramas de la morera. El enano había estado persiguiendo un gusano de seda, aburrido de tanto esperar.

Arriba, en el cuarto piso, Penélope cerró la puerta y caminó hasta la cocina. Se sabía esa canción de memoria; Woolf siempre la cantaba en cuanto se quedaban solas. También entonces se soltaba el pelo, como si se quitase una máscara. Pero hoy se había adelantado a cantar y a despeinarse, había dejado que Hoffman pudiese escuchar su melodía, y eso era peligroso. Cuando la joven entró en la cocina, la señora Woolf ya se estaba preparando, y aun así Penélope la regañó.

—Es que tenía ganas de verte.

Su canto atragantado daba paso a la hora más bella del día, el momento en que ambas reían y lloraban. A la señora Woolf le encantaba enredar sus dedos por el cuerpo de la joven y mesarle el nuevo vello; cogía un peine y cepillaba esa pelusa a contrapelo, que era esponjosa y sedosa, como la de un animal. Después esparcía la cera caliente sobre sus piernas y por la cueva de sus axilas, y arrancaba los mechones hasta dejarle la piel en carne viva. Al acabar, la mujer admiraba los sucios jirones, y se sorprendía al verlos cubiertos de pelos que la niña había soltado, como si fuese una gata. Allí quedaban pegados, como los insectos vetustos al ámbar.

La señora Woolf decía que cada uno de estos finos cabellos provenía de un tiempo remoto, que hundían sus raíces en el reino etéreo de la magia. Eran como semillas durmientes que aguardasen la contraseña que les hiciese sacar el tallo y mostrar su flor. Para cada planta, la primavera se sabía un hechizo de memoria, y en el último día del invierno los pronunciaba todos a la vez. Y las plantas reaccionaban, y escuchar la contraseña y abrir su flor eran la misma cosa. A caballo entre las cuatro estaciones de la vida, Woolf decía que ella misma era el otoño, que debía podar el jardín de Penélope y domar así su primavera.

En la calle, la ciudad parecía estar dormida; por detrás de los edificios más bajos, el cielo apenas comenzaba a existir. Solo los pequeños árboles que crecían sobre las aceras anticipaban la vida verde y silenciosa que aguardaba en el parque. Desde que terminara el viaje del día anterior, el paseo matinal era lo único que ocupaba las mentes de Moritz y Hoffman. Juntos inventaban poemas, canciones; miraban las plantas, las flores, y a los jardineros trabajar.

> *Quiero en invierno un jardín nevado,*
> *en primavera que esté en celo, y en verano*
> *un jardín furioso y cansado.*
> *Pero en otoño…*
> *¡que tenga un sueño nervioso el jardín,*
> *que se agite estando dormido,*
> *que caigan las hojas soñando!*

De camino al parque, desde el puente que cruzaba el cauce seco del río, el sol se reflejaba sobre la cúpula de un edificio que tenía la forma de un pez. A la izquierda, el mar relampagueaba bajo el despertar del sol. A la derecha se veía la huerta, con las montañas moradas al fondo, salpicadas por la silueta ausente de alguna palmera. A todos lados, sin embargo, la ciudad crecía a un ritmo vertiginoso, y las grúas levantaban edificios tan grandes que solo podían ser para gigantes. Cada día, a la mañana, los dos amigos contemplaban atónitos cómo el número de grúas no dejaba de crecer en el horizonte: esqueletos de seres ciclópeos, terribles molinos de una sola aspa que se movían ajenos al viento.

—Que no nos vea el niño borracho, Moritz. No pases por delante de él.

Y fue cruzando el paseo de los árboles gigantes cuando la extraña pareja oyó: «¡Esta es mi casa y este es mi peaje!», de una voz que irrumpía desde lo alto del ramaje.

—¡Maldita sea, Moritz, te había dicho que cambiases el rumbo, que no pasases por delante de él!

El enano y el paralítico elevaron la mirada y vieron a un joven que saltaba de una rama a otra, vestido con una bata verdinegra y una capucha triangular. De un bolsillo que se abría a la altura de su estómago asomaban fajos de libros podridos y lápices rotos, y si se movía demasiado rápido o si hacía un salto demasiado espectacular, toda clase de frutos y hojas se precipitaban por las mangas anchas y los pliegues de su camisón. Semillas de trigo, de olivo, de vid, de almendros, de alcornoques y cebada se desparramaban por el aire cuando hablaba, al amparo de la luz; salían disparadas de su boca, como las notas de una trompeta, y el intenso calor las incendiaba antes de que tocasen el suelo.

De repente, en la pausa de un descanso, el extraño joven les habló:

—Antes de que el enano comience a decir majaderías, les anunciaré la necesidad de hacer frente al peaje que conlleva el paso a la altura de este, mi árbol. Ustedes bien me conocen, pues ya me han visto algunas veces. Creo recordar que incluso habíamos intercambiado alguna palabra, ¿no es cierto?

Moritz y Hoffman asintieron.

—Bien, de lo que mucho me alegro. En ese caso, no ignorarán quién soy —y de nuevo—, ¿me equivoco?

La pregunta quedó en el aire, sin respuesta.

—¿Me equivoco?

—¡Siempre has estado equivocado, niño borracho! —gritó el enano.

—Exactamente, soy Mussil, también conocido como el niño borracho. Y aunque no lo creáis, ese apodo no es grosería, no me molesta en absoluto. ¿Sabéis por qué? Su origen está en un dicho popular, y a mí, todo lo que sea popular, me fascina.

—¿Cómo?

—Sí, escuchad: lo popular está atado a una de las características fundamentales de mi persona, que es la necesidad de compartir. ¡Adoro compartirme con la gente! La cultura popular es conocimiento compartido, y esto permite que hagamos bromas; es decir, que las entendamos. Por consiguiente: la comunidad permite el humor. ¿Han oído eso de que niños y borrachos siempre dicen la verdad? Seguro, de lo contrario no se estarían riendo…

Y era cierto que Hoffman reía: sus dientes asomaban por la comisura de sus labios, como si fuesen puntas de estrellas. El enano, mientras tanto, restregaba su cuerpo en el suelo, como si hubiese un lugar en su espalda que le produjese picor, y ese picor fuese la risa, y tuviese que frotarse contra el pavimento para poderla calmar.

La pareja se había encontrado muchas veces con Mussil, el líder de un grupo de niños exaltados que habían puesto en jaque a la ciudad. Tras abandonar las escuelas, ahora pululaban por parques y viveros, donde el verdor de la naturaleza los emborrachaba. Dormían allí donde hubiese una maceta, un matorral o un matojo de hierbas, y a veces escalaban las vallas de las mansiones privadas para reposar su cuerpo entre vastos jardines. Contaban con la ayuda de los agricultores, con quienes habían trabado amistad. ¡Cuántas veces habían encontrado el cadáver de algún niño borracho entre sus cultivos, tras una noche muy fría! Los hortelanos descubrían los rostros de los chiquillos hundidos contra el calor de la tierra, blancos y arrugados como coliflores.

Hoffman admiraba a este ejército de niños y su lucha contra el imperio de las grúas. Además, había algo en la voz de Mussil, su cabecilla, que le resultaba familiar... Pero otros rasgos le parecían sospechosos; sobre todo en primavera, cuando se decía que los niños aspiraban el polvo blanco de las hojas y su conducta se volvía más brutal e imprevisible. Lloraban y reían por nada, y por nada también se suicidaban y dejaban de luchar.

—Pues bien —continuó Mussil desde el enramado—, puesto que conocen el refrán, también se imaginarán por qué me hago llamar (sí, tengo muchos nombres, tantos como pensamientos) el Oráculo. ¡Ni más ni menos que Mussil el Oráculo, el que siempre dice la verdad! Pues no solo soy un niño (danzo, bailo, río, canto...) sino que, además, ¡siempre estoy borracho! ¡Mussil el oráculo-niño-borracho! ¡Miren, miren cómo retumba si lo grito desde las profundidades del árbol! ¡Creerán que soy el mismísimo tramposo de Delfos!

Y, diciendo esto, Mussil se perdió entre uno de los pliegues de las inmensas raíces externas del árbol, que sobresalían de la tierra como olas de mar.

Moritz aprovechó la pausa para dirigirse al paralítico, a quien animó a entreabrir los ojos: «¡Despierta Hoffman, que te estás perdiendo unas risas!» Pero justo en el momento en que el inválido abría sus pupilas legañosas, la voz de Mussil se escuchó de nuevo desde el vientre del tronco, como si su garganta también fuese de madera: «¡Soy Mussiiiil, un oráaaaculo del cuuuloooo!» El enano se desternillaba sobre la arena del paseo, como un escarabajo panza arriba, mientras Hoffman reanudaba su sueño.

—Hay que distinguir entre lo popular y lo risible —añadió Mussil, serio, ya en la superficie—, y eso es terriblemente difícil. Lo cierto es que yo era plenamente consciente de que lo que iba a decir tenía muchas posibilidades de no tener gracia, como ha ocurrido. ¿Sabéis por qué? Porque no ha sido una risa compartida (ya que yo, a diferencia del enano, no río). Aun conociendo el riesgo de hacer un comentario del que no iba a disfrutar, lo he hecho. Creedme, lo que más deseaba en este mundo era reírme con mi broma, y en el fondo confiaba en un milagro que me empujase a ello, a la carcajada. Pero no ha sido así: me he dejado llevar por las ansias de un público fácil. Incluso se podría decir que he sido demasiado amable, que he hecho ese comentario (que ha demostrado ser estúpido, todo un fracaso) exclusivamente para chanza del enano. El problema no ha sido el desconocimiento de los términos en cuestión por alguna de las partes (con ellos estábamos todos familiarizados), sino que yo, dado lo previsible de tal juego de palabras, ya lo había imaginado. Por lo tanto, habiendo uno de nosotros, tiempo hace, ideado ya esa tontería, habiéndola saboreado en soledad, el chiste estaba encaminado a ser un aborto de broma. ¡Por la misma razón que el pintor no disfruta si repite un cuadro, o el poeta una poesía! Aunque muchos lo hagan: ¡esos mártires del arte!, ¡qué dios los bendiga!, pues es por ellos que almas egoístas como yo podemos crear algo nuevo sin presiones del mercado…

Aquí Mussil se puso serio, luego alegre:

—Pero, espera un momento, ¿qué estoy diciendo? ¡Si de eso mismo yo he pecado! ¿Acaso no te he dado, enano, un manjar que solo tú degustarías? ¿Acaso no me he sacrificado? En efecto, ¡me estoy haciendo un santo con la edad! Ha sido (reitero) todo un ejemplo de descuido conmigo mismo, una falta de *amor sui*, un acto totalmente altruista. Y ¡ah Mussil!, tú bien sabes que el humor (como el verdadero amor) jamás será altruista, sino compartido, pues también tú lo disfrutas.

El joven observaba atentamente la reacción del enano. De repente se puso altivo, orgulloso, elevó la mano hacia el cielo y siguió su parlamento:

—¡Sí, Mussil! Ahora recuerdas esas charlas con los niños borrachos en torno a las hogueras de la gran ciudad, del coche ardiendo… ¡Cómo añoras aquellas noches de diversión! Tras largas horas discutiendo, adquiriste el tono de voz que es risa y habla al mismo tiempo, y que nadie ha dominado como tú. Carcajada rebelde en boca de un narrador excitado: ¿hay algo más noble y digno? Luz de risas que atraviesa las pupilas nebulosas: ¿hay algo más justo, democrático? En aquellos aquelarres nocturnos maté a mis padres con la boca y comprendí por qué Kafka quiso vivir en soledad. Supe que él fue un dios, que fue egoísta, creador de un mundo cómico sin risas, tierra absurda de personas sin sentido del humor. A la noche, sin embargo, sufridor y gobernante en su habitáculo, reía tanto como yo…

Mussil dejó pasar unos segundos de silencio. Después miró al enano y preguntó:

—Pero, ¿tú comprendes algo, o ríes y lloras solamente?

El pobre Moritz lo observó, secándose las lágrimas. Notó que la voz del mundo se posaba sobre él y aguardaba su historia. Comprendió que no merecía llamarse a sí mismo un bufón, y así se lo hizo saber al dios de los nombres propios con un pedo sonoro. Y después dijo:

—Una risa solitaria acaba siempre en seriedad compartida. La risa de dos, en cambio, es eterna, por y para siempre.

—¡Bravo, bravo! —gritó Mussil, sonriente y extasiado como un niño en misa—: te has humillado. ¡Si pudieses percibir el ingenio que destila la imagen que estamos viviendo! Pero tú no puedes, ni tampoco K, ni Klamm, ni Frieda, ni siquiera el artista del hambre. No sabes que tú no has sido quien ha hablado, sino yo mismo, mi propia voz, que ha recompensado tu degradación con sus palabras. Eso también lo hacía Kafka, pero con mucho más egoísmo que yo: por miedo a que sus criaturas algún día comprendiesen, les puso su propio nombre. ¡No les dejaba vivir! A mí eso no me preocupa, la verdad (ya dije que me gusta compartir): ¡Kafka, ahí está la diferencia! ¡Yo he entrado en tu alcoba, ya no eres el único que ríe! Sí, ya sé que fue culpa del ignorante de Max Brod, que tú habías hecho una jugada perfecta… Pero amigo, aprende esto: el placer de compartir es inmune a la ignorancia.

Moritz ya no reía, y empujaba a Hoffman lejos del lugar donde Mussil se desdoblaba.

—¡Y la seriedad se ha abierto paso y la tierra está en tinieblas —se oía recitar al niño borracho—, y la hora ha llegado de que yo dé de comer a mis pequeños praguenses!

La pareja se giró por última vez antes de alcanzar las puertas del parque y sentir que el sol, tras la tristeza, calentaba de nuevo sus sienes. Entonces vieron cómo Mussil contemplaba excitado una camada de perros raquíticos que tenía amordazados y escondidos entre las raíces del árbol. El niño borracho empezó a lanzar al aire algunas hojas, y los perros maniatados abrían sus bocas a la espera de que alguna cayese entre sus fauces resecas. Las desparramaba por doquier, sin orden ni concierto, pero evitando siempre el lugar donde aquellos aguardaban con sus bocas abiertas. Y a medida que los perros comenzaban a tener los dientes verdes, la sombra que el árbol dejaba sobre la tierra se cubría de despojos de hoja y saliva, como después lo haría de las heces que abonarían el suelo. Todo allí era del color verdoso de la esperanza indigesta: el cuerpo del árbol, el suelo, las sedientas fauces de los perros, la voz de Mussil. Este hablaba alegremente, recitando su sermón cotidiano, y de vez en cuando animaba a los perros a comer.

Y no sé cuánto duró esto (pues el tiempo y el espacio cambian allí donde la columna es raíz y las ramas besan el suelo), pero sin embargo sé que Mussil orinó sobre los animales cuando estos aullaron de sed, poniéndose de rodillas.

—¡Sangre que la fantasía torna oro, esencia de virtud!

Penélope

Cuando Penélope y la señora Woolf subieron para recoger la ropa que todavía quedaba tendida en la azotea, la ciudad se desplegó ante ellas en toda su inmensidad. A pesar de que el polvo no dejaba ver demasiado bien sus dimensiones, era obvio que el barrio de los inmigrantes ya alcanzaba el mismo puerto marinero, hasta besar las playas. Después giraba hacia el interior del territorio, escalaba las montañas y continuaba más allá, hasta disolverse en las planicies septentrionales del desierto. Habían pasado muchos años desde que los primeros inmigrantes construyeron sus casas alrededor de la estación ferroviaria, pero hoy el barrio avanzaba a lo largo de las vías, como un poblado que creciera a los lados de un río. En paralelo, la cúpula de la estación se levantaba sobre un mar de tejados, más alta que el parlamento o el palacio del rey.

Pese a la distancia, Penélope distinguió que un tren se aproximaba al barrio de los inmigrantes con los vagones descubiertos. De ellos emergieron de pronto dos elefantes inmensos, una pareja de imposibles paquidermos cuyos cuerpos se sostenían sobre unas piernas largas y delgadas, mucho más que las de los camellos o las jirafas. Parecían juncos temblorosos que soportasen el peso del cielo y sus trompas barritasen oscuros secretos a oídos del sol. Sobre ellos, un joven orondo, sonrojado y alegre saltaba y hacía sonar una pianola que le colgaba del cuello. Flexionaba sus rodillas como si su cuerpo fuese un acordeón que se doblara y desdoblara, y aprovechaba el impulso para saltar desde las piernas de los paquidermos, apoyándose en sus rodillas huesudas. Desde ahí anunció la buena nueva:

—¡El Gran Circo de Dalí ha llegado a la ciudad!

Penélope sintió enseguida que se había enamorado del niño circense y bajó las escaleras del edificio en su búsqueda, como un huracán. Pero los elefantes habían soplado sus trompas con demasiada fuerza; la ciudad se había convertido, de pronto, en un órgano de iglesia, y pasear por sus calles era como caminar por el interior de un silbido.

Para que el viento y la música no la arrastraran, Penélope se introdujo en la primera boca de alcantarilla que halló abierta. Ágil, risueña y entonando su propia canción de amor, comenzó a saltar entre los despojos, como un gigante poderoso que estuviese cruzando el mar sobre las islas. Y de salto en salto, llegó al cruce de dos tuberías, y entonces ya no supo cuál tomar. Apenas estuvo parada unos segundos, cuando vio que un viejo se acercaba murmurando desde la oscuridad de una cloaca. El anciano avanzaba en dirección a ella hasta que, exhausto, se dejó caer sobre los charcos de lodo. Penélope chapoteó deprisa hasta que consiguió sacarle la cabeza fuera del agua y evitar, así, que el viejo muriese ahogado. La joven mantuvo firme su mano sobre la nuca mientras le envolvía sus ropas alrededor del cuerpo y lo llevaba en brazos hasta la próxima rejilla.

En el trayecto, el anciano le contó que, hasta que un viento poderoso irrumpió desde el cielo, él había sido un payaso de circo y se había sentido feliz porque le gustaban los colores. Pero ahora, el huracán le había hecho girar como una peonza, hasta que todos los colores de su vestido se habían fundido en uno solo, y ese color era el blanco, y ahora veía el mundo pintado de blanco. Penélope acercó su rostro a un rayo de luz y pudo ver que el viejo estaba ciego, que sus ojos brillaban como dos luciérnagas encantadas. La fuerza del remolino había dado la vuelta a las órbitas de sus ojos.

Como el hospital más cercano se encontraba a muchos kilómetros de distancia, Penélope sabía que de nada serviría embarcarse ahora en un viaje sin retorno a través de la ciudad. Preguntó al anciano por su nombre y lo animó a pedir su último deseo. Este contestó que se llamaba Borges, pero ya no pudo decir nada más. Penélope se inclinó sobre su rostro, con un torrente de preguntas ansiosas; se dejó caer, después, sobre su vientre hinchado, que cedió como si fuese una almohada. La joven permaneció así durante unos minutos, con el rostro hundido entre pliegues de piel que cegaban sus sollozos. Pero cuando reanudó las preguntas, se obró el milagro:

—¿Y si te acompaña Whitman de la mano?

La mente de Borges pareció reaccionar.

—Whitman —se dijo a sí mismo—. Walt Whitman… de la mano…

—Aguanta —le suplicó la joven, mientras cogía a Borges en brazos y salía de nuevo hasta la calle.

El viento de la ciudad los arrastró hacia el oeste, por encima del cementerio, de la librería, el bazar y la vieja escuela, hasta que aterrizaron en el barrio de la guerra. Allí, las calles estaban despedazadas y las fincas de viviendas morían una tras otra bajo el fuego de los bombardeos. Los tanques habían sido abandonados en el centro de las plazas, y sus carcasas pacían en el cemento del asfalto como animales prehistóricos cuyos esqueletos no sirviesen ya de nada. Solo algunas palmeras permanecían en pie sobre las aceras, y el sucio verdor de sus palmas añadía una nota de color al paisaje. Al fondo, inmersa en el centro de la barriada y circundada por los edificios, se veía arder la cúpula dorada del antiguo laboratorio astronómico, aún más brillante a la luz del fuego.

—¡Qué espectáculo! —dijo Penélope—. Ante nosotros arde la cuna de la civilización, Borges; deja que te cierre los ojos.

Las manos de la joven taparon el rostro del anciano, en el que los ojos emergían como cáscaras de huevo. Borges no dijo nada y la pareja permaneció así, en silencio, hasta que no quedó un ladrillo, trozo de vidrio o viga por arder.

—El fuego se extenderá por la ciudad entera, sin duda. Acabará con las bibliotecas, los parques, los teatros, con la propia guerra, y después arrasará todas las universidades del mundo.

Borges comenzó a tiritar, como si la frase hubiese descompuesto el equilibrio de su anterior vejez. Penélope descubrió que el cuerpo del anciano no representaba peso alguno ni esfuerzo para sus brazos, pues Borges se estaba volviendo cada vez más arrugado y pequeño. Ya solamente conseguía balbucear algunos ruidos extraños, y sus blancos cabellos (larguísimos de pronto) se habían enredado entre las hendiduras y las encías de sus dientes, y le estaban cosiendo los labios. Además, su blanca túnica, antes vaporosa e impoluta, se había solidificado y formaba un capullo maciento. La presencia de sus pies ya solo se adivinaba en el juguetón pataleo que latía desde dentro.

—¡Whitman, poeta gris! Responde, ¿dónde estás? —aulló la joven.

Una nube blanca pasó flotando por la calle paralela. Penélope notó su resplandor a través de los boquetes que atravesaban de lado a lado la manzana. Se apresuró a girar la esquina y entonces vio a un anciano hermoso y delgado que brincaba, flotaba y volaba entre las trincheras desiertas y las ruinas de los edificios. El viejo iba vestido de forma extravagante: llevaba puesta una falda alba y de volantes, y sus piernas, delgadas y cubiertas por un vello castaño, ejercitaban prodigiosas zancadas. Además, los tirantes que sostenían sus faldones bailaban sobre sus hombros, pues no había casi carne en su esqueleto y aquellos gravitaban sobre un torso que la vejez y el hambre habían hundido, formando una fístula abismal. Apenas restaba vello sobre su espalda hendida y, sin embargo, de su rostro pendía una larga barba tubercular, recia y marmórea. A Penélope le pareció imposible que esa cascada de cabellos pudiese colgar de un cuerpo tan fino y enraizar en una piel tan transparente. Su espalda, apenas del grosor de una espiga de cobre, parecía incapaz de soportar el volumen de esa mata tan espinosa e hirsuta. La joven pensó que, bajo su barba de esparto, la flácida piel de sus carrillos debía hallarse descolgada.

—¡Whitman, Whitman, detente, por favor! —clamó Penélope.

Entre su sombrero de paja y sus alpargatas, cuyos cordeles se ataban hasta la misma cintura, el viejo Whitman vivía y respiraba. La tierra que pisaba jadeaba también con la explosión de los misiles, que abrían cada vez un nuevo poro. De ellos ascendía siempre un hilo de humo, un cabello de polvo, el penúltimo estertor. El viejo Whitman iba y venía, salvando con sus saltos los riachuelos de sangre que dividían el barrio en dos.

Derrotada por el cansancio y roída por la tos, Penélope se postró de rodillas en la tierra quemada, mientras veía alejarse al espectro danzante. Borges ya ocupaba apenas la palma de su mano, y la joven ignoraba cuánto le restaba hasta morir.

Podía sentir cómo sus ojos de luciérnaga se estaban quedando sin luz, que su pequeño cerebro palpitaba por la combustión de sus últimas ideas. Ya no podía escuchar la respiración del viejo por encima del rumor ajetreado de su propia sangre, por encima del rumor atragantado de la sangre de la tierra. La envoltura que lo cubría parecía una minúscula mortaja, opaca y blanquecina.

De nuevo, Whitman apareció corriendo hacia ellos, con el rostro enajenado; su cuerpo era la viva expresión de la locura. Penélope pudo ver eclipses en la cuenca de sus ojos, y el cabello de la barba le crecía encirotado, del color de fuego.

—¡¿Qué hacéis aquí, insensatos?! —les gritó lleno de cólera—. ¡Escapad!

Penélope puso su vida en peligro para contestarle:

—¡Whitman, escucha: Borges quiere que lo lleves al cielo, de la mano!

La joven trató de hacer suyo el ritmo de Whitman al saltar, pero a los pocos metros cayó rendida sin remedio. Extenuada, le dijo:

—Walt, para de correr, por dios te lo pido. Sal de este barrio y hospédate en mi casa. Tenemos que hablar.

La respuesta del hombre la ensordecieron tambores de guerra.

—¡Escúchame, Walt! —insistió la joven—. ¡Solo tú puedes dar a Borges el perdón, asegurarle el cielo de la democracia!

Whitman respondió entre el silbido de las balas y el temblor de las explosiones:

—¡Yo moriré por la democracia!

Su voz sonó como el canto de tres gallos, como el apocalipsis del mundo civilizado. Penélope sintió cómo su esqueleto se estremecía y el cuerpo de Borges tembló como un cascabel.

—¿Por qué no lo intentas tú, pequeña? ¿Acaso tú no crees en ella? —añadió Whitman, antes de alejarse de nuevo.

—Borges te quería a ti —respondió Penélope—. Disfrutar de tu perdón era su último deseo.

—Y mi deseo es que me dejéis correr en paz, porque no quiero dejar de perseguir un estado de realidad en un mundo de cartón piedra.

—Perdí tan pronto a mis padres que no lo puedo convencer —dijo Penélope, en voz baja—. No pertenezco a ningún sitio; no amo ningún lugar, ni tengo tierra.

Whitman le respondió desde la altura de las azoteas:

—En ese caso, Penélope, ¿dónde tienes tus raíces?

—En el humor —respondió ella, tristemente—. Yo solo tengo el humor.

Y de los tejados pasó al arco iris, y de ahí al suelo, y entonces Whitman volvió a cruzar el río de sangre que partía la ciudad en dos, superando las murallas medievales. En lo alto de dos torres, Whitman, anciano espigado, se paró por un instante y dio su mensaje a todas las juventudes del mundo:

—¡Sobre el humor solo se puede construir un disparate!

El mensaje sonó como una lápida sobre el ayer, mientras las dos torres se derrumbaban.

—Es verdad —dijo Penélope—, mi vida solo es un disparate.

Y en la profundidad del horizonte, más allá de toda sombra y de todo cadáver (como el de Borges, que ya empezaba a apestar), más allá de los cimientos de cualquier edificio y de cualquier gota de sangre, se oyó:

—¡Yo siempre llevo mis raíces conmigo!

En el cielo, la joven pudo contemplar la silueta de Walt Whitman, mesando su hermosa barba tubercular.

Penélope bajó la mirada y vio que Borges ya estaba envuelto en su crisálida. En realidad, parecía una diminuta semilla en la palma de su mano. La joven dudó un instante entre plantarla en el suelo o tragársela directamente, pero al final hundió el dedo corazón en la tierra y depositó al viejo en su tumba diminuta. Pensó que, quizá, algún día, si Whitman posaba su pie, por azar, sobre ese punto preciso (si lo hacía antes de que la lluvia viniese o cayese alguna bomba), entonces podría darle vida y vigor.

Siguió caminando. Sobre una montaña de escombros desde la que llamaba a sus padres, la joven halló a un niño sentado. Sus chillidos sonaban a alarma antiaérea, a aviso de inminentes bombardeos. Cuando se cansó de gritar, el niño amenazó con dejarse caer desde lo alto, tal y como hacían sus hermanos. Ellos planeaban desde los rascacielos —decía—, desde los puentes y las azoteas, valientes como los pájaros.

—Ven, salta a mis brazos.

Sí, el barrio de la guerra era un barrio suicida. Las bombas eran personas y las carcasas metálicas eran cuerpos que ya no podían sentir dolor. Las explosiones recogían el llanto de la tierra quejándose al contacto de un cuerpo débil que la tocaba con ansias de morir, sin esperanza. Torturada por la angustia, Penélope subió las escaleras de un edificio en ruinas, hasta que alcanzó el último cielo. Los cascotes se extendían humeantes ante ella, y en el suelo brillaban los cuerpos de chiquillos que habían saltado al vacío. Esquivándolos con la mirada, la joven se asomó a los huecos que las bombas habían abierto en la finca partida. A sus pies aguardaban manadas de perros salvajes.

Antes de todo aquello,
el peso del otoño cayó sobre mí.

Pasear por el bosque suicida
fue como cargar con el fardo de un amor informe.
El sacrificio inundaba el suelo
y el cantar del hombre-pájaro escuché cerca de mí.
Me preguntaba: «¿Tú también estás cayendo?»
No, yo no caeré. No debo hacer del suicido una costumbre.
Tan solo piensa en tu pobre cuerpo, Penélope;
no resistiría un golpe por segunda vez.

A mucha distancia, Moritz escuchó la voz de la joven desde su madriguera de musgo aterciopelado. El enano avanzó por un intricado sistema de túneles para oírla mejor, pero ni siquiera tuvo que asomar la cabeza enteramente; le bastó con que su hocico masticara durante unos segundos el aire para detectar el aliento de Penélope y atraparlo en la cavidad de su boca. Lo movió de un carrillo a otro, subiéndolo hasta la nariz a través de la laringe, jugando con la lengua como si fuese una pelota… hasta que se le agotó el sabor y emprendió el camino de vuelta.

El enano se había refugiado en los subterráneos del parque, a salvo del fuego y las detonaciones. Sin Hoffman, su oficio consistía ahora en informar a los animales del fin del invierno, cuando la primavera estaba a punto de llegar. Corría y daba gritos por las galerías del subsuelo hasta dar con el lecho del zorro, del lobo, de la rata o del erizo: «¡Rápido, liebre, despierta! ¡Arriba ratón, que pronto será tu cumpleaños! ¡Topo, ya estás abriendo esos ojos!». Sin embargo, cuando llegó a la cueva de los osos, el enano descubrió con asombro que ellos no empleaban los cuentos para dormirse, sino que, por el contrario, los usaban para despertar. Encontró a la madre osa contando una historia a sus cachorros, que dormían plácidamente.

Una mañana, la tormenta de la Osa Mayor
empezó a inundar el valle
con su voz de trueno y aguaceros de saliva.
Bajo el suelo y el sentir de los humanos
(más profundo que su pena)
las tumbas de los ancianos
rebasaban las lindes de su madriguera.
Sus miembros ateridos traían frío a la camada
y los oseznos, que soñaban que era invierno,
no querían despertar.

«¿De quién es esta zarpa congelada
que trastoca el ciclo de las estaciones
e impide que mis hijos despierten?
Carece de garras
y es tierna como el lomo de la foca
que la capa de hielo pulió.
¿Quién eres? ¿Por qué tus miembros están fríos como la nieve
y no los cubre un alma de vello?
Así nunca podrás arrancar la piel del polvo
y cavar tu madriguera.
Habrás tenido que enterrarte con ayuda…
pobre criatura, necesitas el abrazo de un oso
que te pueda consolar.
Observa ahora
cómo mis cachorros acarician tu fémur partido,
cómo lamen tus ojos, cómo esculpen tus dientes.
Anciano, descansa tranquilo:
cierra tus ojos y duerme.»
Así habló la madre de la camada,
cuyo sueño imperaba sobre el resto.
Y el pobre anciano, respetuoso como era

(diligente como un muerto),
se acostó boca-abajo en su tumba
y encontró el cálido sueño.

Bajo tierra, la madre osa lamía las legañas de sus hijos perezosos, levantando algunos lloros, algunas rabietas. Pero los cachorros enseguida estuvieron dispuestos a salir al parque y a enfrentarse al aire fresco de la tarde. Moritz los alertó entonces del destrozo que había sufrido el recinto bajo el fuego y los bombardeos. «Muy pronto el ejército de las grúas volcará cemento en las bocas de los hormigueros», advirtió. «Así se extenderá por todo lo ancho y largo del parque». Como no había estancia que escapase al intrincado laberinto de sus galerías, los obreros pretendían aprovecharlo para construir los cimientos de sus edificios gigantes. El hormigón imitaría el diseño de las raíces bajo tierra, los dibujos que escarba el agua hasta filtrarse en los acuíferos y las madrigueras.

Al escuchar esto, los animales decidieron que ese año su migración transcurriría bajo tierra. Además, solo avanzarían por aquellos pasadizos que fuesen lo suficientemente anchos como para que el cemento no los pudiese inundar enteramente. Durante los días siguientes, la caravana de los animales aprovechó los pasos de las alcantarillas, las grutas de las minas, e incluso los pasadizos que ofrecían las trincheras del frente. Y a su paso, rescataron a muchas almas dormidas.

*O**tra vida comienza a aletear*
bajo las manos caídas que se extienden sobre el suelo,
bajo el símbolo de nuestros padres,
sus caricias, su lenguaje sordomudo.

Mussil recordaba la última vez que vio a su hermana, hacía años, justo después de que sus padres murieran. Se acordó de cuando los oficiales del orfanato le pidieron que fuese a buscarla, mientras ellos aguardaban ante el portal de su casa, con el motor en marcha. A la orden, Mussil recorrió las alcobas vacías, miró en armarios y despensas, y al final subió a la buhardilla, pues no quedaba otro sitio donde una niña pequeña pudiera esconderse. Apenas asomó su cabeza por la trampilla cuando vio a Penélope acostada bajo una de las bóvedas del techo, entre cortinas de telarañas, con un camisón blanco y tan delgada que se le transparentaban los huesos a través de la piel. Estuvieron mirándose fijamente durante unos segundos hasta que su hermana le dijo que no iba a comer nunca más. Mussil se asustó tanto que bajó las escaleras gritando que Penélope estaba demasiado delgada, que todo el mundo se había olvidado de ella, y que eso no estaba bien.

—Pero, ¿cómo voy a estar demasiado delgada, Mussil? ¿No ves los pechos que tengo?

Sin duda, la vida era un camino en el que uno descubría que todos los crímenes ya se habían cometido. Mussil pensó en las enfermedades y en las muertes que habían sacudido a su familia. Pensó en sus padres y en sus tíos, acribillados bajo el fuego de los bombardeos, y también en su primo, que tenía las piernas dormidas. En su mente, recorrió uno a uno los rostros de todos los niños borrachos que lo habían acompañado alguna vez. Se acordó de los niños gordos, de los niños delgados, de los niños gigantes y de todos aquellos que no podrían correr nunca más. Pensó en aquellos que recogían chatarra por las calles y la amontonaban sobre los carritos de sus hermanos, que mientras tanto dormían entre clavos y alambres. También en aquellos que preparaban trampas con palos y cajas para cazar palomas y poder comer. Pensó en todos los muchachos y muchachas que había visto a lo largo de su vida, en el colegio, por la calle, en los bosques, en el campo de deportes, en los parques, en el interior del zoo. Se acordó de aquellos a los que se les caía el pelo y siempre que podían se cubrían la cabeza; y de los que, por alguna razón, no se podían hacer entender. ¿Cómo podían hablar con sus padres, entonces?

De jóvenes vivieron columpiándose
entre el músculo flexible de las hojas;
colorearon la garganta del tronco
sin que ningún niño los viera.
Sus risas aún despuntan en los tallos que hacen sangrar el aire
y de su úlcera mana lento el rocío
en atardeceres de menta sin dolor.
Pero sin sus padres, los gorriones se han vuelto carnívoros
(míralos peinando el bosque)
y no dejarán hablar al niño si lo encuentran
mientras está besando las hojas.
Un hombre le ha secuestrado el dulce sueño
al decirle que la luna vuelve,
que volverá el amor perdido
y que en el mundo no habrá más
que cruel victoria.

Mientras contemplaba a los niños que dormían a su lado, envueltos en mantas de ceniza caliente, Mussil se dio cuenta de que, si permanecían en ella, la ciudad no tardaría en contagiarlos con una nueva enfermedad. Perfiladas sobre el cielo, las grúas semejaban las cruces de un extenso cementerio. Así que decidió marchar hacia la costa, pues supuso que más allá del océano existiría una tierra de abundancia y libertad. De ahí llegaron, seguro, hacía siglos, las semillas de los árboles gigantes. Hoy crecían a las puertas del parque, y era un milagro que hubiesen prosperado en este suelo. Aquí, sus inmensos troncos cobijaban solamente gorriones ruidosos y niños famélicos; en cambio, en los territorios allende del mar, los troncos estarían repletos de criaturas prodigiosas y animales parlantes. Serían cariñosas y valientes, y sus aventuras nada tendrían que ver con robar comida, lanzar piedras a las grúas, o sobrevivir a las cascadas del rocío de la noche. Sí, en aquella tierra, los agricultores guardaban las cosechas en los huecos de los árboles gigantes, como si fueran graneros, y permitían que las sobras se precipitasen por el abismo de las raíces y les diesen de comer. El alimento se derramaba en avalancha, en piscinas de colores en las que todas las criaturas podían zambullirse.

Él recuerda aún a la hermana
que le dio agua y pan bajo la luna.
Los padres se escondían en los órganos del bosque
y no volvieron hasta que el amanecer murió,
y murió el miedo
(por el río aún se precipitan
manos y piernas en cascadas).

La selva de los árboles gigantes prosperaba en su cabeza como un sueño mientras Mussil dirigía su tropa hasta la orilla, donde hallaron centenares de bajeles alineados en un muelle y a punto de zarpar. Al parecer, un violento maremoto había sacudido el barrio de los inmigrantes, y los demás distritos estaban cargando buques con mantas, comida y otros enseres básicos. A causa de los incendios, era más sencillo alcanzarlo por mar. Sin pensárselo dos veces, los niños borrachos llamaron a las puertas de todas las naves y se ofrecieron para formar parte de la tripulación. Un submarino militar los acogió y a la mañana siguiente partieron hacia el lugar de la tragedia. No tardaron en mostrar sus verdaderas intenciones, sin embargo; pues, cuando la nave se elevó sobre las aguas para atracar, Mussil y los demás niños se hicieron con el control de la nave y cambiaron el rumbo. Mientras los marineros se tiraban por la borda, los niños borrachos tomaron el control de los radares y de las bombas atómicas, asegurándose de que nadie las accionaba hasta que el submarino estuviese a suficiente distancia del barrio de los inmigrantes. Solo entonces salió Mussil a la superficie, cuando creyó que no escucharía los gritos y lamentos que, de otro modo, lo harían retornar.

Crecieron espesuras de rubor
en las lindes de aquel sueño
donde aún reposan los miembros del ansia.
Hoy, tras la misma noche en que las hojas envejecen,
los animales ancianos retornan al pantano
sin dejar de mirarse unos a otros
y los hijos aún respiran
esa agua permanente.

Penélope reconoció la voz de su hermano entre el silencio de los muertos y el quejido de los supervivientes.

—¡Mussil —le dijo—, arrima la nave a la orilla y vuelve conmigo, porque nunca te pedimos que fueses tan valiente!

El joven reaccionó al timbre de su hermana, aunque, a causa de la lejanía, no pudiese descifrar su silueta. Aun así, pidió silencio a los niños borrachos para contestarle. Volvió a asomarse por la borda y le dijo:

—¡Penélope, si tanto me quieres, mírame! ¡Porque la valentía es una imagen tan solo!

La joven buscó un cartón entre sus bolsillos, para poderlo enrollar y convertirlo en un telescopio de juguete. Al no hallar ninguno, enroscó sus finas manos con la forma de un tubo y miró a través de él. Reconoció a su hermano, más feo y delgado que nunca.

—¡Estás enfermo! ¡Vuelve aquí! Pero ¿quién te crees que eres, Mussil?

—¡Un Kafka feliz, un Kafka infantil! —respondió él, sin dejar que pasase el tiempo de la rima. Después hizo una última reverencia, abrió la escotilla y despareció.

Dolorida, triste y en tierra, Penélope empezó a llorar. Recordó los felices días de su infancia en los que su hermano iba al colegio envuelto en una capa, con un sombrero encasquetado y empuñando una espada de juguete con la que prometía protegerlos, a ella y a Hoffman, de los niños grandes que les robaban el almuerzo en el recreo. Mussil venía siempre a ofrecerles su ayuda, aunque se hallase en algún rincón lejano del patio, inmerso en alguna aventura; aunque los ladrones, a la postre, resultaran ser hombres disfrazados y acabaran por robarle a él también su bocadillo. Mas no importaba; porque la valentía era una imagen tan solo, y así vestido y de pie frente al peligro, su hermano le había parecido capaz de matar a mil gigantes.

Penélope sabía que, pasase lo que pasase en el futuro con Mussil y su viaje, su voz no se iba a ahogar jamás. Aunque su hermano naufragase a las pocas jornadas de zarpar, golpease un iceberg o un peñasco a la deriva. Aunque el océano volviese a despertar de pronto con la intención de engullirlo todo en el cataclismo de su marejada. En ese caso, seguro que un banco de sirenas entraría en el vientre abombado del submarino y llevaría su cuerpo de vuelta a la superficie. Tal vez fuese cierto que el cuerpo de Mussil estuviese condenado a quedar preso en el interior del casco y a morir prisionero de las algas, pero su mensaje sería rescatado y alcanzaría la tierra por las corrientes marinas y la resaca cambiante. Y mientras la sal conservase sus pulmones, y mientras la estructura de sus alvéolos danzase en el agua como torres de coral en un mar de miniatura, su voz recorrería las distancias como lo hacen las ballenas en sus éxodos suicidas y sus migraciones cósmicas. Diferentes marineros juran verlas entonces al mismo tiempo en partes opuestas del globo (tal es su velocidad), y lo mismo ocurriría con la voz de su hermano y su doctrina.

Hasta que el amanecer hable de la juventud
y los ángeles morenos abandonen a las hermanas
en su danza solitaria, convertidas
en carámbanos de sangre y melodía.
El hombre recobrado
beberá su primer sorbo de leche
cuando venga el ángel;
la hermana rozará sus pómulos serenos,
besará sus manos.
Él nos ayudará a sentir la voz sincera
que llama desde la cumbre,
el noble canto de la lluvia
que prohíbe el regreso del animal.

—¡Mussil, sal de las raíces de la muerte, y vuelve a llevarme contigo!

Frente a la joven, el submarino emergió de nuevo entre las olas con su popa repleta de chiquillos mojados y alegres. Estaban achicando agua con la boca, y algunos corrían desnudos de babor a estribor. Durante un instante, el sol brilló sobre el casco de plata y revistió con destellos el cuerpo de Mussil y el de los demás niños borrachos. La risa de su hermano pareció la de una estrella, la de un meteoro que penetrara el océano para evaporar toda el agua y alumbrar sus tinieblas.

La despedida de su cuerpo delgado
es el parpadeo envejecido de un planeta.
Donde mueran la llanura imparcial y el monte ajeno,
allí salpicará el mar.
El retorno a través de las olas,
el beso de luz de la nueva espuma.

Un segundo después, la nave se adentró en las negras aguas del océano.

EL NIÑO CIRCENSE

Cuando dejó atrás el mundo de Borges y Whitman, Penélope se unió a un grupo de inmigrantes que, cada noche, entraban en secreto en el barrio de la guerra para hacerse con las carcasas metálicas de las bombas, vacías ya de su pulpa de pólvora. Tras unos días de viaje, la joven divisó la reluciente cúpula de la estación central, justo cuando los tejados de hojalata de los primeros arrabales empezaban a emerger entre las dunas, como joyas que hubiesen sido pulidas por la arena, o perlas limadas por el mar. Ningún niño salió a recibirles entonces, pues a esas horas estaban abarrotando las escuelas. Y durante el primer día, Penélope no encontró a nadie que hablase su idioma. Mas, poco a poco, la joven se ganó la confianza de sus nuevos vecinos y pudo asomarse con libertad y dulzura a los umbrales de sus casas, construidas con restos de puzles y piezas metálicas. Le daban una prenda por cada hogar que visitaba. Al cabo de dos jornadas, parecía una emperatriz, pues calzaba zapatos distintos, llevaba tanto faldas como pantalones, y varios tipos de pañuelos le cubrían la cabeza; mil baratijas le colgaban del cuerpo, y lucía pendientes diferentes en cada oreja.

El maremoto llegó al tercer día, coincidiendo con el festival de la primavera. El recinto de las vías rebosaba entonces de música, juegos y cuerpos alegres, y los inmigrantes despedían a los trenes, como al invierno, cuando los veían pasar. Justo antes de que el mar lanzase con furia sus olas, un clamor de trompetas avanzó desde la estación central, alertándolos de que dejasen libres las vías. Los elefantes patilargos asomaron de nuevo sobre el tren del circo; sus cuerpos volvieron a flotar como un par de nubes grotescas, y de sus colmillos rizados colgaron de nuevo largos trapecios sobre los que el niño circense no tardó en hacer piruetas. Como antes, Penélope corrió hacia él para declararle su amor. Pero, cuando se acercó lo suficiente, la joven se percató de que aquel no era el verdadero niño circense (al menos no el mismo que algún día viera con la señora Woolf desde la azotea, hace no sé muy bien cuánto tiempo…), sino su primo Hoffman, que se había vestido con las mismas ropas. La transformación, en efecto, parecía completa: su primo hacía sonar la misma canción con el ritmo exacto de la pianola, y era capaz de moverse como si nunca se hubiese sentado en una silla de ruedas. Igual abandonaba el trapecio y saltaba hasta la punta misma de una trompa, que de esta pasaba a otra. Bailaba y cantaba sobre el lomo espinado de los paquidermos, apresurándose de un extremo a otro y dejando a la vista unas piernas perfectas.

¡Vine de los muertos para veros colapsar!
Planeé sobre los picos de la urbe inundada,
hallé refugio bajo las lenguas de aves hambrientas,
bajo las patas traseras de potros y yeguas en celo.
Lloré a la semilla antes que ardiese
en la luz de su flor.
La amargura por la muerte de mi madre
y la culpa de mi hermana
solo la conoce el viento:
«Con el agua —me dijo—, ve con el agua azul».
Y caminé por los meandros del río,
y oí su discurso. Me convenció:

la tierra es fina, demasiado para ser creída
(la lluvia y el monzón la engañan siempre).
«Tierra débil, tierra débil —le gritaba—, tierra débil,
¡todos beben de tu cuerpo menos tú!»

Penélope quiso hacerle llegar, a él también, su despedida, pero en ese instante se interpuso entre ellos el tronar de las olas. La espuma del mar cegó la silueta saltarina de Hoffman y su canción se disolvió en un intenso rumor de caracola. Pese a que el maremoto apenas salpicó el tren del circo con un par de gotas, los elefantes patilargos salieron de sus vagones y empezaron a caminar sobre las aguas. Sentado en su grupa, Hoffman los guiaba de un lugar a otro, gritándoles instrucciones por encima del rugido de las torrenteras. Señalaba con su dedo el punto exacto donde los paquidermos debían introducir sus trompas, y estos sacaban gente de las olas, niños que todavía sostenían un juguete entre las manos, mujeres que aún sorbían una taza de té, a las que la inundación había sorprendido en sus quehaceres diarios.

Y las risas de la yedra y el arbusto respondieron.
Las palabras, el silencio, después risas.
Luego el sol, trotando.
¡Vuestras viles murallas caerán
cuando mi trompa dorada y brutal
suene como canto! Escuchad:
¿Quién puede soplar y cantar, sino yo?
Tengo dos bocas: ¡una es final; la otra, principio!

El joven jinete resbalaba por la trompa de los elefantes, se acercaba al superviviente, le miraba la cara, le asignaba un nombre en voz alta, y volvía a su grupa para seguir rescatando almas.

Mientras tanto, otros paquidermos inspeccionaban los recintos encharcados y olisqueaban las aguas en busca de vida. Si hallaban cadáveres, los colgaban de las copas de los árboles, como si fuesen ropas tendidas. Y si los cuerpos salían del agua con vida, los posaban con cuidado en las terrazas de los edificios, a salvo, donde no pudiese alcanzarles el mal del mundo.

Fue la caravana de los animales la que causó el maremoto al cruzar las entrañas de la tierra. Moritz no percibió que se adentraban en el suelo del océano y que estaban molestando a las placas tectónicas. Después de arrasar el barrio de los inmigrantes, las olas rompieron las puertas y ventanas de la estación central y el agua se encauzó, mansamente, por las calles anchas de los barrios ricos. Los automóviles flotaron a la deriva hasta desembocar en los espacios abiertos que les ofrecían los parques, las alamedas y los cementerios.

En el recinto de las vías, la espuma dejó miles de monstruos marinos varados, y cientos de supervivientes hambrientos se abalanzaron sobre ellos para descuartizarlos. Y mientras separaban sus esqueletos, las vísceras y la grasa de la carne buena, unos vecinos contemplaron atónitos que un pescado empezaba a realizar contorsiones, que su boca se estiraba y que de él nacía un muchacho que la muerte estaba expulsando con arcadas. Era el verdadero niño circense, quien se había escondido en el interior de un pez para sobrevivir. Su cuerpo palpitaba ahora sobre la arena mojada.

—¡Por la boca muere el pez, mas por su boca también se renace!

A partir de ese instante, Penélope y el niño circense se implicaron a fondo en reparar los efectos que el cataclismo había tenido en el barrio de los inmigrantes. Trabajaban juntos, como verdaderos enamorados. En honor a Mussil, Penélope propuso plantar una larga cadena de parques que uniría todos los distritos de la ciudad. El consenso fue instantáneo, y la alegría de la joven fue completa cuando vio que las familias comenzaban a sacar semillas de sus países de origen, convencidas al fin de que podían dejar de esconderlas. Oxigenada por los bombardeos y abonada por el lodo marino y los cadáveres, Penélope estaba segura de que la ciudad se hallaba preparada para recibir nueva simiente.

Por su parte, el niño circense les propuso excavar una nueva estación de trenes en los niveles más bajos del parque, más allá de las raíces de los árboles que Penélope y el resto de vecinos querían plantar. Eso sí, les prometió que los colores del jardín serían perceptibles a través de cristales y respiraderos, por los que entraría el azul del cielo y el verde de los árboles. En cualquier caso —les dijo— había que empezar a cavar cuanto antes, ahora que la arena todavía estaba húmeda. Se pusieron manos a la obra. Penélope desmontaba los viejos raíles mientras el niño circense enseñaba a los vecinos diferentes formas de excavar: «Podéis hacerlo como los perros cuando entierran sus huesos, o como los gatos cuando quieren esconder su porquería». El muchacho horadaba el suelo de ejemplos, y de todos los rincones del barrio se acercaban inmigrantes atraídos por la sencilla verdad de sus palabras. El mundo pronto vibró bajo este ejército de arqueólogos, cuando de la arena asomaron piedras redondas que el niño circense no tardó en catalogar: «¡Son caparazones de tortuga! ¡Sigamos! ¡Sus huevos no pueden tardar!». Al parecer, se hallaban cerca de un legendario depósito de huevos que las tortugas prehistóricas dejaron enterrados sin que ningún macho las llegara a fecundar. Así que los inmigrantes siguieron cavando. Cuando de la arena emergió al fin una pirámide de óvulos monumental, el niño circense organizó a los hombres alrededor de los huevos y les animó a crear una nueva raza de monstruos que les ayudase a excavar el inmenso agujero:

—¡Rápido, derramad vuestra esencia sobre ellos!

Pero nadie le hizo caso. Así que el niño circense tuvo que enseñarles él mismo cómo cavan las tortugas. Con el estómago aplastado contra el suelo, el joven movía al unísono brazos y piernas. Al imitarlo, los inmigrantes sintieron cómo la arena del suelo se pegaba a las palmas de sus manos y les obedecía; bloques enteros de tierra se desprendían y rodaban ligeros, como si fuesen canicas.

—¡Así me gusta —reía el niño circense—, que cavéis como animales! ¡De esta manera no podemos fallar!

Entre la mágica humedad del suelo y las lecciones del joven, la obra avanzó sin esfuerzo.

En cuanto los inmigrantes soterraron las vías, Penélope se apresuró a enseñarles el mapa que había dibujado con todos los detalles del parque. Se había atrevido a organizar las zonas a partir de diferentes aromas, buscando siempre que no se estorbasen la esencia amarga con la dulce. Hasta tuvo en cuenta qué plantas exhalaban sus perfumes por el día y cuáles por la noche, para que no hubiese un solo lugar en el parque que se quedase sin fragancias, pero tampoco rincón alguno donde se solapasen.

Por su parte, los inmigrantes reclamaron que el recinto contuviese un desierto, unas estepas y una selva de vegetación exuberante; incluso una llanura de hierba donde se pudiese andar descalzo.

En cambio, el niño circense se reservó el derecho de imponer que todo aquel que entrase en el parque trajese consigo un injerto, una planta o una semilla.

Mas, ¿quién podría anticipar el aspecto final? La inundación había llevado hasta allí manzanas y peras mordidas, espinacas, acelgas, guisantes y más restos de infinitas comidas que los niños del mundo dejaron sin acabar. Por mucho que Penélope, el niño circense o los inmigrantes se esforzasen por darle una forma precisa, los secretos del jardín saldrían a la luz desde la opaca profundidad de estas semillas. Además, seguro que en la suela de algún zapato se incrustaría de vez en cuando un fruto punzante que alguien dejaría plantado al correr. Los vecinos llenarían de injertos y semillas la corteza de los árboles, los pintarían del color de su piel y lo embellecerían con el dibujo de sus huellas dactilares. Y sería imposible que alguien no pisase, de camino al parque, el excremento de algún animal y esparciese así la vida que este había ingerido al comer.

Si todo el mundo iba a participar en la construcción del jardín, ¿por qué no establecerlo como ley? Así no habría nadie ilegal. Penélope entendió por fin la visión del niño circense. La vieja maraña de raíles que durante tanto tiempo ancló la ciudad con un pasado de pobreza y de guerras, se desvanecería pronto bajo infinitas formas de vida y una nueva sociedad se elevaría con fuerza desde el fango de las inundaciones. Después de siglos, los inmigrantes por fin tendrían un lugar apacible por el que pasear. Desde todos los barrios del mundo vendrían vecinos para visitarlos, y gracias a la nueva estación subterránea, nadie sabría de dónde venían o hacia dónde partían los trenes. Ni siquiera habría un lugar desde donde uno podría despedirse o dar la bienvenida sobre los andenes. Nada más llegar, los respiraderos llevarían a los viajeros al centro del parque, donde se fundirían con el resto de la gente.

La señora Woolf

El día que Penélope se marchó y Hoffman dio su último paseo en silla de ruedas, la señora Woolf bajó las escaleras de su finca, salió a la calle y siguió descendiendo hasta las catacumbas de la gran ciudad. Allí se encontraba la escuela de los ancianos, donde se matriculó. Pensó que sería la mejor manera de hacer nuevos amigos. Sin embargo, en cuanto cruzó el umbral de la puerta, Woolf se sorprendió a sí misma diciendo en voz alta los nombres de cada uno de los rostros que iba encontrando. De todos ellos recibió un breve guiño de reconocimiento, un ademán de bienvenida, una afable sonrisa; pero después volvieron a concentrarse en la lección. En uno de los extremos del aula, el profesor recitaba poesía. Sin hacer ruido, la señora Woolf tomó un asiento entre las últimas filas y aguardó pacientemente el final de la sesión. Solo entonces llegó el rencuentro. Sus compañeros la abrazaron alegremente mientras ella no cesaba de repetir:

—Me he acordado de vosotros cada día de mi vida.

Al ver a sus compañeros de cerca, la señora Woolf se dio cuenta de que estaban todos enfermos. Le confesaron que eran víctimas de una grave dolencia y que por eso estaban tan delgados y débiles, y les costaba tanto esfuerzo caminar. «Mira cómo ha quedado mi pene», le dijo un antiguo novio, quien le mostró un pedazo de carne que se descomponía como las piezas de un puzle. Woolf logró vencer la inquietud, la tristeza y el miedo, y les pidió que fuesen a su casa, donde ella misma les prepararía zumo y pasteles. Extendería colchones por el pasillo y en las antiguas habitaciones de Hoffman y Penélope, donde los viejos podrían tumbarse y contar sus historias.

Pero los ancianos le dijeron que nada de eso era necesario, pues un grupo de adolescentes los estaba esperando a las puertas de la escuela, para llevarlos a casa; que, una vez allí, competían por cuidarlos, vestirlos y hacerles la comida. Cuando la epidemia de la vejez empezó a manifestarse, los ancianos comenzaron a caer en las esquinas, a desfallecer en los semáforos; de camino a la escuela, necesitaban sentarse varias veces sobre las aceras de las largas avenidas para descansar. Pero hoy la situación había cambiado; cada adolescente de la ciudad tenía un anciano a su cargo. Y en efecto, cuando salieron de las catacumbas, la señora Woolf se encontró de frente con millares de chiquillos que aguardaban en la calle sosteniendo sillas de ruedas. Algunos se distraían haciendo carreras con ellas, otros leían libros para hacer más amena la espera, y muchos hacían sonar sus silbatos para que los ancianos ciegos se abrieran camino hasta ellos. Tras sentarlos, los adolescentes ataron las sillas a sus patinetes y bicicletas, y una multitudinaria caravana comenzó a deslizarse por las calles entre el estruendo de los timbres. Parecía un desfile de ángeles grandes y pequeños, jóvenes y viejos, que marchase en dirección al cielo. Los adolescentes se relevaban en sus velocípedos, circulando a turnos de la parte trasera a la cabecera del grupo, desde donde se adelantaban unos metros para detener el tráfico. Y todos los vehículos les cedían el paso, incluso cuando los semáforos cambiaban al disco verde. Desde lo alto, bandadas de pájaros que habían retrasado sus viajes a tierras más frescas los escoltaban por las rutas más seguras.

Ante este conjunto de evidencias, la señora Woolf no tuvo más remedio que reconocer que estos jóvenes eran verdaderamente agradables y valiosos, que todos estaban fuertes y sanos, sabían leer y escribir e interpretaban las señales de tráfico perfectamente. Después de dedicar su vida al cuidado de los otros, saber que existían jóvenes tan amables envolvió a la señora Woolf en una marea de emociones en la que no sabía si iba a ahogarse o nadar cómodamente. Al final, decidió correr hasta la cabeza del grupo para demostrar también su valía. Gritó a los adolescentes que por favor la siguiesen, pues se había ofrecido voluntaria para hacerse cargo de los ancianos hasta el fin de sus días. Pero tanto los jóvenes como los viejos declinaron su oferta. A fin de cuentas —dijeron—, ella pronto requeriría sus propios cuidados. Para convencerlos de lo contrario, la señora Woolf enumeró sus servicios, sus facultades y sus años de experiencia. Con toda la elocuencia de la que fue capaz, empezó a contarles la historia de Mussil, Penélope y Hoffman, esos tres niños huérfanos a quienes cuidó hasta que pudieron valerse por sí mismos. Incluso cuando alguno de ellos acabó viviendo en los parques, ella se las ingenió para hacerle llegar ropa y comida.

Como nadie le hacía caso, Woolf se apropió de la bicicleta de un adolescente que tenía cerca y comenzó a pedalear aún más deprisa, hasta la cabecera misma del desfile. Y entonces se bajó del vehículo, paró el tráfico y empezó a escribir su historia en medio de la carretera, líneas que componía con tizas perdidas, piedras y palos, e incluso excrementos que esparcía con la mano, para que los jóvenes y los viejos los leyeran al pasar. Pero el pelotón cruzó de largo, y ella se quedó sola, dejando su vida en el asfalto.

Valencia, primavera de 2001 – primavera de 2005

Otras catástrofes

Cada día iba a la caverna, sacaba cosas de ella y mataba a cuantos enterraban vivos, tanto si eran hombres como mujeres, y me apoderaba de sus víveres y agua. Después salía y me sentaba para esperar a que Dios (¡ensalzado sea!) me concediese la salvación por medio de un buque que pase por allí. Todos los objetos de orfebrería que veía en la cueva los sacaba y los empaquetaba en los vestidos de los muertos. Llevé esta vida durante algún tiempo.

Las mil y una noches (Cuarto viaje de Sindbad el marino)

La metamorfosis

La mañana en que Gregor encontró una cucaracha aga-
zapada entre los pliegues de la cortina de la ducha, temblando ante su cuerpo desnudo, al principio se asustó
un poco, pero en seguida se recompuso e hizo con ella lo que
hacía con todo aquel que entraba en su casa: tener relaciones
sexuales. No fue esta su peor experiencia. Aún recordaba las
mañanas en que había abierto los ojos para descubrir que
se había acostado con un huracán, cuando hallaba su cama
llena de ruinas de mundos ya arrasados por las lágrimas. Lo
peor de copular con huracanes era que desperdigaban trozos
de cuerpos ajenos y dejaban la habitación llena de cieno y de
basura. Lo guardaban todo adentro, bien sujeto en el vórtice
de su espiral, hasta que en el momento del clímax soltaban
las riendas y salpicaban el lecho con ecos de voces paternas,
de risas pueriles y humillaciones secretas. Al menos la cucaracha se había limitado a morir, desintegrada enteramente por
el roce de sus cuerpos. De ella no había quedado nada, ni una
mota de polvo ni recuerdo que Gregor pudiese conservar.

Al verlo desnudo, el insecto había temblado por la anchura
de su espalda, que proseguía hasta comerse buena parte de
sus hombros y así daba la impresión de que Gregor tenía una
espalda muy ancha cuando, en realidad, solo tenía los hombros poco marcados. Por la curvatura de su torso, parecía que
siempre estuviese abrazando algo. Cuando caminaba solo,
abrazaba el aire; si lo hacía con otros, abrazaba su amistad

o bien su odio, y cuando paseaba con sus hijos (como acostumbraba a hacerlo ahora) entonces parecía mecerlos pese a que no los tocara, pues sus brazos envolvían la atmósfera en la que los niños reían, rozaban las paredes y miraban los semáforos. Durante el acto sexual era como si Gregor escalase a pulso una montaña, y sus amantes nunca supieron si era hambre o miedo lo que lo empujaba a no querer descolgarse jamás. A veces terminaba la cópula subido a la cabeza de la otra persona, y desde allí anunciaba a los cuatro vientos que todo en esta vida se transmitía por vía sexual, la virtud tanto como la enfermedad.

Pero ahora todo esto había cambiado. Lo que siempre fue una adicción se había convertido en un milagro. El sexo solo lo visitaba de manera ocasional, pero cuando lo hacía bajaba directamente del cielo, debía hacerlo, pues era imposible que tanta belleza y tanto goce todavía pudieran residir en su cuerpo. En su día a día, Gregor vivía al nivel de las baldosas, de las vajillas, de las estanterías de fruta de los supermercados. Paseando con su mujer, se detenía frente a las tiendas de mascotas y se preguntaba si los animales tendrían suficiente pienso para comer. La emoción lo embargaba cada vez que escuchaba una frase que conjugaba a padres con hijos y a maridos con esposas. Temía constantemente que estuviese perdiendo el pelo, ganando peso, empeorando su olor corporal. Lo único que deseaba es que sus hijos tuviesen la suerte que les permitiese ser buenas personas. Y se entristecía enormemente si un insecto asomaba sus antenas por entre las patas de la mesa de café.

LAS HIJAS DE GANDHI

Debo a la conjunción de dos factores —el amor hacia mis hijas y mi admiración por Gandhi— mi caída en desgracia a los ojos de mi vecindario. Una tarde, nada más llegar del trabajo, mi mujer respondió a mi pregunta habitual —«¿Cómo ha ido el día?»— con una queja repetida: «Estoy harta de los clientes del bar de enfrente. Todos los días despiertan a Gabriela y Valentina; se ponen a fumar y beben en la puerta; hablan a gritos y no se dan cuenta de que son las siete de la mañana. Siempre sucede lo mismo: abren el bar y las niñas se despiertan. Podrían estar durmiendo hasta las ocho, pero no hay manera», etc.

Añadió que debíamos comprar cristales todavía más anchos que insonorizaran mejor las ventanas.

Mi mujer tenía razón, aunque en un detalle se equivocaba. Como me levantaba muy temprano, yo podía escuchar desde mi despacho cómo el dueño alzaba la persiana metálica a las seis de la mañana. Los clientes llegaban media hora más tarde, y solo a partir de las siete empezaban a subir la voz, cuando el licor les hacía efecto y la compañía los excitaba. Se creían entonces los reyes del mundo, como si nadie tuviese derecho a impedir que sus voces y risas, desde la calle, retumbasen en los pasillos y las alcobas de las casas. Hubo mañanas en las que me sentí tentado a pedirles que bajasen la voz, pero algo me detuvo. Sin embargo, esa tarde, tras hablar con mi mujer, decidí que ese freno misterioso ya no iba a contenerme. Al día siguiente, cuando iniciaba el camino hacia el trabajo, llamé la atención de uno de los clientes sin bajarme de la bicicleta. Le solicité que se acercara.

—Perdón, ¿crees que podríais bajar un poco la voz? Es que mis hijas están durmiendo ahí enfrente —señalé las dos ventanas—. Las despertáis todas las mañanas y es un poco pronto para ellas. Con que hablaseis un poco más bajo, seguro que bastaría.

En sus ojos vi cruzar la duda, como una brisa pasajera, y durante un momento algo se iluminó en sus pupilas, ya rojizas. Pero el brillo desapareció pronto y, cuando me contestó, en su rostro volvía a ser noche cerrada.

—Las siete ya es horario de trabajo, ¿no? —preguntó a su compañero, que fumaba a su lado. Este asintió. Miraba en dirección al suelo, donde otro cigarrillo se quemaba. —Pues eso —concluyó—. Esto es un bar y esta es su terraza.

Crucé una mirada fugaz con el propietario del establecimiento a través del cristal. Era un hombre amable que siempre me atendía con una alegría un tanto forzada, que aflautaba su voz. No hizo ademán alguno por inmiscuirse en nuestra conversación. El otro cliente habló antes de que yo pudiera responder.

—Esta casa tan bonita que te has hecho, ¿por qué no te la haces en otro barrio, si tanto te molesta?

—Y bien que me ha costado —le contesté—. Me levanto todos los días a las seis, para ir al trabajo y ganar dinero, igual que vosotros. Así que tengo el mismo derecho a vivir en este barrio. Lo único que os pido es que, por favor, habléis un poco más bajo cuando estáis aquí, tomando el café y charlando de buena mañana. Excepto por vuestras voces, no se oye un alma en toda la calle.

—Que sí, que ya nos vamos —respondió con voz reseca. Se abrocharon las chaquetas y giraron la esquina, no sin antes gritarle al dueño del bar que pusiese su consumición a cuenta.

—¡Hasta mañana! —contestó él desde la barra.

Algo nervioso, inicié mi camino en bicicleta.

Esa noche, después de un día tranquilo, seguí leyendo en la cama un volumen con obras selectas de Gandhi. Me dormí pronto, pero hacia las dos de la madrugada mi hija pequeña empezó a llorar y mi mujer fue a amamantarla, y yo, con todo el ajetreo, me desperté. De pronto, tomé conciencia de que en un par de horas los clientes del bar despertarían de nuevo a mis hijas, y ya no me pude dormir. Estuve pensando en qué haría entonces. Después de varias horas revolviéndome en la cama, anticipando mis palabras y mis actos, cogí la almohada, salí del dormitorio, bajé las escaleras, entré en mi despacho y puse por escrito mis ideas. Todavía me dio tiempo a volver a la cama. Cuando el dueño del bar alzó la persiana, el corazón me dio un vuelco y me levanté. No había dormido nada. Aguardé con el oído pegado a la puerta de mi casa.

Ya llegaban.

Se intercambian los buenos días. Suena la máquina de café. Los vasos de cristal golpean sobre la barra metálica. Hay pasos hacia la puerta de fuera. Se apoyan en la ventana. Sacan los cigarrillos. Cuchichean. Se ríen. Y entonces, el primer grito. Y yo, sin pensarlo dos veces, abro la puerta con una almohada y una manta en mis brazos, cruzo la calle y camino hacia ellos. Me envuelve la oscuridad. Miro a los clientes y les deseo los buenos días. Y después me tumbo a sus pies, sobre la acera, bajo la ventana del bar. Apoyo mi cabeza en la almohada y me cubro con la manta.

Nunca hubo tanto silencio en el mundo. El cielo se veía muy bonito desde ahí abajo, y muy distinto. Dirigí la mirada hacia las ventanas de mis hijas, que de pronto acariciaron dos rayos de sol. Las imaginaba durmiendo, tan calientes, tan tranquilas. Las sentía tan cerca de mí…

La mayoría del tiempo no ocurrió nada. Los clientes del bar iban y venían. Esquivaban mi cuerpo con sus pasos y con sus palabras. Yo los escuchaba como un murmullo lejano. En algún momento me dormí y soñé con pájaros que volaban en círculos. Me acordé de las noches al raso que pasé de niño en algún campamento. A las ocho sonó la alarma de mi reloj, me levanté, me despedí de la clientela del bar y entré de nuevo en mi casa. Mis hijas seguían durmiendo.

Al día siguiente me desperté pronto, preparado para repetirlo todo otra vez. Por desgracia tuve que hacerlo antes de lo que preveía. Abrí la puerta con el primer grito y en seguida comprendí que los clientes me estaban esperando; tenían sus ojos puestos en mí. Además de la manta y la almohada, esta vez llevé un libro de Gandhi conmigo: «No necesitamos utilizar la violencia», me repetía a mí mismo. «Debemos, al contrario, ofrecer nuestros cuerpos como sacrificio. La no-violencia no es una realidad insignificante, como se ha malentendido durante largos años; es la fuerza más potente hasta ahora conocida por la humanidad y de la cual depende su verdadera existencia», etc.

En cuanto me acosté en la acera un cliente fingió tropezar conmigo y derramó su café encima. Después me cayeron escupitajos. Me llovieron colillas. Una mujer me golpeó con su carrito de la compra al pasar, y un hombre me zarandeó de un lado a otro, cogiéndome por las solapas del pijama, mientras otro aprovechaba para hacerme besar no sé qué bandera. «Pero ¡¿tú qué quieres?!», gritaba. «¡¿Qué te has creído?!». Traté de explicarles mi plan tal y como la noche de antes lo había puesto por escrito: «Si vosotros os metéis en mi casa, yo sacaré mi casa hasta vosotros. Os pondré ante el espejo de vuestra propia violencia...».

El dueño del bar salió a la terraza y me cogió de las axilas, tratando de levantarme: «Vete a tu casa», me dijo. Noté su voz muy cambiada. Me dejé caer sobre el suelo y le contesté que todo esto lo hacía por amor a mis hijas y que, si él me apoyaba, prometía pagarle todo lo que dejase de recaudar por mi culpa. «Tienes que ayudarme a hacer de este un barrio más habitable», le supliqué. «Tienes que ayudarme a transformar a estas personas». En grupo, empezaron a patearme la espalda. Miré el reloj: apenas eran las siete de la mañana. Todavía debía aguantar una hora más hasta que mi mujer y mis hijas se levantaran.

Por desgracia, el ajetreo las despertó antes. Mi mujer escuchó insultos, subió las persianas, me vio tendido en el suelo y corrió a la calle vestida con su camisón, con una hija en cada brazo. Cubriéndome de besos, me dijo que por favor lo dejara, que compraríamos cristales más gruesos, mejores ventanas; que nos mudaríamos a otro barrio, todavía más lejos, con las murallas más altas. Yo le respondí que estaba cansado de huir, de vivir separado de mi propio pueblo, aislado de mis vecinos, protegiéndome de ellos, de su miseria, de su vanidad, de su agresividad, de la violencia que generaban a su alrededor. Por fin me había liberado de todo mi miedo. Por fin había empezado a educarlos.

Cuando la policía llegó, me abracé fuertemente a una de las mesas; no quería abandonar el lugar. Me condenaron por apropiación del espacio público y desobediencia a la autoridad. Como Gandhi, acepté cumplir mi condena. He luchado por el bien —el bien es que mis hijas duerman— así que la cárcel me parece ahora el mejor de los palacios.

Es un orgullo haber sido castigado por el mal que combato. Poco importa que el mal sea mi propio pueblo o el imperio británico.

Invitación de cumpleaños

El interno Luis S. Villacañas de Castro, cuyo documento de identidad es 484..., de cuarenta años, nacido el 26 de enero de 1982 en Valencia, casado, padre de tres hijos, ingresó a las diez y cuarto de la mañana del lunes 31 de enero de 2022 en la unidad de psiquiatría del Hospital General de Valencia, acompañado de su mujer, María Desamparados Gallego Moreno, enfermera en la unidad de cuidados intensivos del mismo hospital. Este informe se ha completado dos semanas después del ingreso. No se basa tanto en la entrevista preliminar que se mantuvo con el paciente a su llegada cuanto en un documento que la señora María Desamparados entregó en mano al director de la unidad y en la entrevista que el equipo médico mantuvo con ella después. Se trata de un texto de unas 900 palabras que el paciente redactó tres semanas antes de su ingreso, a modo de invitación de cumpleaños.

Tal vez mi querencia por las invitaciones de cumpleaños tenga su origen en aquella que un compañero de colegio me envió cuando teníamos diez años. Ocupaba dos caras de un folio; la primera contenía una invitación falsa, lo que el propio texto revelaba cuando uno levantaba una solapa roja que tenía forma de corazón: «Esta carta no es la real; pasa la página». En la otra cara, mi amigo confesaba su verdadero plan —«haremos otra merienda con todas las sobras»— y me introducía de lleno en sus fantasías clandestinas:

«Luis, te quiero decir un secreto, pero antes has de jurarme que no se lo dirás a nadie; me traeré algo que no te imaginas, ¡una navaja! No es gran cosa, pero la utilizaré para cortar una sorpresa: unos caramelos especiales. También traeré un regaliz. Y te prometo que no fracasaré, porque no estarán caducados».

Hemos de suponer que, de estar caducados, los caramelos y el regaliz serían demasiado duros como para poder cortarlos.

Así acababa su invitación, que por alguna razón me ha venido a la mente al componer esta carta que ahora te hago llegar. No sabría decir si esta es más falsa o verdadera que aquella; lo descubriremos juntos —si quieres— el próximo sábado 29 de enero, cuando lleguemos al lugar al que te invito que acudas de buena mañana. Entonces sabremos si aquello que imagino es una fiesta de cumpleaños o es, en realidad, otra cosa. Creo recordar que mi amigo y yo no llegamos a disfrutar de su merienda alternativa, que su conspiración no fue tal, que su secreto no llego a nada. No hubo navaja, caramelos, ni regaliz. Me quedé con su corazón falso entre las manos. Pero si has recibido esta invitación, una cosa sí sabrás: que te considero mi amigo, al menos en el sentido en que Thoreau lo entendía, a saber, como alguien que te prestaría su carretilla en caso de que la necesitaras, o de quien no debería extrañarte recibir, de vez en cuando, un barreño de fruta.

Por eso voy a celebrar mi cumpleaños en una pequeña casa de campo que mi mujer y yo hemos alquilado en el interior de la comarca. Compararemos el peso de nuestra amistad y nuestro amor con el de los sacos de almendras. La subiremos a pulso por el largo sendero de entrada y por las escaleras. Y veremos si nos abriga cuando el frío arrecie y tengamos que cortar leña.

Te propongo que durante el día no hagamos otra cosa que estar juntos en medio de la nada, y comprobemos si de verdad somos suficientemente algo como para poder colmarla. Si, a pesar de nosotros, los campos y la casa siguen desiertos, entonces te invito a que ni siquiera nos preocupemos por sobrevivir. Más nos valdría suicidarnos y rezar por reencarnarnos en un saltamontes, en una calabaza o en una espiga de romero perfumado. Si, por el contrario, algo florece con nosotros entre las paredes de la casa, con más razón todavía deberíamos quedarnos en ella; con más motivo deberíamos convertirnos en prisioneros gozosos de esta cárcel rural, condenados a perpetuidad por haber asesinado —¡al fin!— todo lo que no era bello y verdadero en nuestras vidas.

Amigo, amiga, solo dos ruegos te hago. El primero es que, después de la comida, las palabras y el vino, una vez la noche haya caído y demos solemne comienzo a la ronda de regalos —¿pues qué sería la amistad sin objetos con que compararla?— tu presente sea entonces algo que tú mismo hagas. Si me has preparado una tarta, explícame la receta mientras me la como. Si me has escrito un poema, léemelo; practica un baile, una canción o un número de magia. Regálame un dibujo, toca el piano, tararea una melodía, sopla la flauta o el silbato. Recita un monólogo si te lo sabes, que sea tuyo o de otros, pero que sea tu voz la que emita las palabras. Pero haz algo. Altera el mundo de manera más consciente de lo que lo hacen, al deambular por él, tus pisadas.

En segundo lugar, te pido que a la medianoche del sábado 29 de enero recojas tus cosas y te vayas. Fantaseo, desde hace tiempo, con emprender mi primera incursión en el mundo de las drogas. La noche del sábado ingeriré una pequeña dosis de LSD en presencia de María. Su regalo y el mío será introducir en mi cuerpo esta extraña materia bajo su cuidado y compañía. Solo me queda desear que la sustancia se halle en buenas condiciones y que la navaja de mi percepción esté lo suficientemente afilada como para cortarla, descuartizarla y procesarla. Quiero seguir siendo yo mismo cuando ella se vaya. Pero si no lo soy, entonces es que no soy nada y, por la misma razón, no habrá nada que lamentar.

En la entrevista que el equipo médico mantuvo con la esposa del interno, María Desamparados dijo que la fiesta de cumpleaños se desarrolló según lo descrito en la invitación. Antes de ingerir la dosis de ácido lisérgico, Luis Sebastián bebió tan solo una copa de vino durante la comida. La ingesta de ácido se produjo hacia la una de la madrugada, con efectos casi inmediatos. Según María Desamparados, su marido se sumió en un llanto sereno que no lo abandonó durante toda la noche. El paciente nunca se comportó de forma violenta ni impulsiva. Aunque repetitivo, su discurso fue coherente y Luis Sebastián no dejó de describir y poner ejemplos de cómo se sentía. María Desamparados recuerda al menos tres motivos que el paciente desplegó durante la noche. En las primeras horas, su marido se presentó a sí mismo como un acorde deshilachado cuyas notas, libres al fin de la cárcel de la partitura, hubiesen quedado suspensas en el aire, como copos de nieve. Comparó su vida con el avance de una sonata que comienza sólida y bien dirigida, encaminada hacia un noble fin, pero que de pronto va temblando, dudosa y sin energía; como una voz insegura que ya no levanta el vuelo sino ocasionalmente, y entonces solo para observar que cada vez se separa menos del suelo, apenas un palmo, ya nada, como un pato sin alas.

El paciente habló, después, de un muro de silencio que perdía la vertical y se derruía a pedazos. Milagrosamente, los cascotes acababan componiendo un suelo firme en el que era imposible el silencio en la medida en que, sobre él, cualquier sonido se magnificaba.

Finalmente, Luis Sebastián pidió a su mujer que saliesen juntos a pasear por los campos, a lo que ella accedió a pesar del frío. Hasta el amanecer estuvieron mirando de cerca los olivos, los almendros y los algarrobos de la finca.

El paciente mostraba preferencia por los ejemplares marchitos; se identificaba con una rama que se hubiese alejado progresivamente del tronco pero que, de pronto, se hubiese dado cuenta de que el mundo al que pertenecía había quedado a sus espaldas. Había estado creciendo hacia la nada —decía—, pero ya era demasiado tarde para un cambio de rumbo; su árbol quedaba demasiado lejos y ni siquiera sentía que formase parte del tronco. Perdido en un término medio, no tenía ni hojas ni raíces. Ni siquiera era una rama. Sin principio ni final —«cortado por delante y por detrás»— no era más que un trozo de leña al que solo le restaba arder en el fuego.

Han transcurrido dos semanas desde que Luis Sebastián ingresara en el servicio de psiquiatría. Su mujer sigue trabajando en la unidad de cuidados intensivos del hospital y no es difícil verla desayunando con su marido antes o después de realizar su turno. Respecto al interno, no tenemos un diagnóstico claro. Todavía se encuentra en fase de observación. No presenta antecedentes que den a entender la presencia de una psicosis latente que se hubiese manifestado con la ingesta de ácido —opción que, por otra parte, es más frecuente con pacientes menores de veinticinco años. Sin embargo, hay registros de un enfrentamiento de hace tres años con vecinos y fuerzas de seguridad de su localidad. Pero incluso las versiones de ese acontecimiento son contradictorias.

Por otra parte, ciertos indicios extraídos de su carta de invitación, del relato de su esposa y del comportamiento que ha mostrado el interno durante estas dos semanas apuntan decididamente hacia la posibilidad de una psicosis camuflada o, al menos, de un trastorno límite de la personalidad. Según María Desamparados, después de esa noche su marido no volvió a ser el mismo. Ya no habla igual, no mira igual, ni siquiera camina de la misma manera. Detrás de cada paso, mirada y palabra ella ve, siente y escucha una lágrima. Su llanto es tan denso —dice— que da la impresión de que sus lagrimales vierten resina.

Tras la noche de autos, María Desamparados apuró al máximo la permanencia de ambos en la casa de campo para permitir que los efectos del ácido se disolvieran antes de que su marido se reuniese con el resto de su familia. No obstante, cuando el dueño de la casa llegó (hacia las cinco de la tarde del domingo) ya no tuvieron más remedio que abandonarla y dirigirse a la residencia de los padres del enfermo. Allí se encontraron con los tres hijos del matrimonio, que habían pasado la noche con sus abuelos. Estos no reconocieron a su padre al llegar; paradójicamente, tampoco preguntaron por él, ni han sentido la necesidad de hacerlo desde entonces. Se decidió que el paciente durmiera en casa de sus padres y que María Desamparados preparara con calma la visita al Hospital, prevista para la mañana siguiente.

Desde su ingreso, el paciente ha oscilado entre dos extremos, lo cual nos hace dudar de la verdadera naturaleza de su trastorno. Apreciamos algunos indicios de fingimiento por su parte, como es la adopción consciente del estereotipo del demente como artista o intelectual maldito. En los grupos terapéuticos, el paciente insiste en el potencial de los centros psiquiátricos para convertirse en comunidades de artistas o focos contraculturales. Esto causa perplejidad entre el resto de los residentes. En vez de medicamentos, pide a los enfermeros picos y palas para poder cavar. Discute continuamente teorías psiquiátricas que estuvieron en boga durante la segunda mitad del siglo pasado. De nada sirve recordarle que el Hospital General de Valencia dejó de ser un hospital psiquiátrico hace más de quinientos años, o que el último «manicomio» de la provincia —como al paciente le gusta llamarlos— se cerró en 2010.

Nada de esto es incompatible con la evidente pérdida del sentido de realidad que el paciente demuestra en otros momentos. Cuando los médicos le preguntan si tiene una enfermedad mental, él responde que tiene cuatro: «Mi mujer y mis tres hijos: estoy loco por ellos». Otros días parece que continúa en la casa de campo. Asume que todas las enfermeras son su mujer y todos los internos, sus invitados. Y entonces el paciente se muestra feliz —«inmensamente feliz»— de que su fiesta de cumpleaños no acabe nunca.

El genio maligno

a B., Q., L. y M.

Recuerdo un tramo en mi ruta hacia el trabajo, por la que pedaleaba todos los días, en que un buen número de calles se abrían a mi paso sin que yo debiese detenerme ante ninguna. Sobre la bicicleta, me preguntaba cómo sería vivir así la vida entera, sin preocuparme de que alguien se cruzase en mi camino, teniendo siempre la preferencia. A continuación pensaba si sería posible diseñar una ciudad de tal manera que a todo el mundo se le abriesen las calles a izquierda y a derecha, sin nada que obstaculizase su trayectoria ni su campo de visión. De existir esa ciudad —me preguntaba— ¿cuánto se extendería? ¿Cuántas manzanas podrían construirse antes de que en ellas apareciese forzosamente un cruce, un stop, una señal de ceda el paso, una confluencia? ¿A partir de qué número de vías dejarían estas de ser opciones de libertad para convertirse en su frontera? ¿Cuántas combinaciones serían posibles antes de que dos vehículos tuviesen que encontrarse y, al menos uno, levantar el pie del acelerador, pisar el freno, abandonar el piloto automático de su libertad?

Un día empecé a dibujar el patrón de esa ciudad perfecta. Descubrí que tenía forma de árbol.

Por aquel entonces, yo apenas había hallado obstáculos en mi existencia. En la travesía de la vida, el viento había soplado siempre a mi favor. Cuando me preguntaba por qué había tenido tanta suerte, la mera interrogación me sumía en un estado de irrealidad. Los acontecimientos importantes de mi biografía perdían de pronto consistencia, como lo hacían las fachadas de las casas que enmarcaban mi trayecto en bicicleta. Si mi calle había ido permanentemente cuesta abajo —me interrogaba— ¿en qué momento había tenido yo que pedalear? De hecho, desconfiado por la improbabilidad de mi fortuna, fantaseaba con la idea de que el mío fuese un universo virtual. ¿Y si la vida no era más que un videojuego al que teníamos los cerebros conectados? ¿Y si no era más que una comedia artificial en la que todos nuestros pasos habían estado programados?

De este sistema, perdía el tiempo imaginando su diseño más inteligente y funcional. Llegaba a la conclusión de que, lejos de contar con infinitos avatares (tantos como cuerpos enchufados), de existir, esta máquina ofrecería a todos los seres humanos la misma versión, la misma existencia. ¿Para qué dar a cada cerebro una vida distinta? ¿Para qué fabricar un mundo virtual increíblemente complejo y vastísimo, conformado por millones de trayectorias diferentes? El artificio resultante sería tan complicado como el mundo material. De ser así, no habría ganancia de energía.

No. Había una hipótesis más eficiente y más sencilla: la de una sola vida repetida hasta la saciedad. No se requería nada más. Puesto que la única vida de la que tenía plena constancia era la mía, esta debía contener el patrón de la existencia universal. En otras palabras: lo que yo había visto, oído, sentido y pensado era lo mismo que habían visto, oído, sentido y pensado todos los demás seres humanos conectados al sistema. Lo cual implicaba que mi suerte y mi fortuna también eran compartidas. Yo no era el único afortunado, ni era diferente a los demás. En realidad, cualquier otra opción implicaba un acto de crueldad extrema y gratuita: por mínimo que fuera, infringir un dolor adicional a todos los seres humanos venidos y por venir sumaría, a la postre, un acto de barbarie demoníaca, colosal. Si no la moralidad, cuanto menos el mero cálculo racional lo desaconsejaría. A fin de cuentas, la capacidad de generar cualquier orden (también uno virtual) dependía de que fuese vivible la vida de quienes estaban obligados a vivirla. Incluso si la instauración de este Leviatán maquinal hubiese resultado, en el pasado, de un acto libre por parte del género humano, estaba seguro de que la cualidad feliz de la vida pactada habría formado parte del contrato original.

Que nadie me rebatiese entonces, como objeción a esta quimera, que la conexión de todos nuestros cerebros a una misma plataforma, y la absoluta exposición de todos ellos a idéntica experiencia, implicaba una dificultad técnica insalvable. Todo protestaba contra esa suposición. A la postre, lo que yo proponía no era más que una misma vida reproducida tantas veces como cuerpos había. Y uno encontraba en la Biblia más riqueza y artificio de los que se necesitaban para construir de forma virtual todos los encuentros, conversaciones y pensamientos que llenaban mi vida feliz y sencilla. ¿Qué era más complejo —insistía— mi hipótesis de un universo digital o los doce tomos de una obra como *La rama dorada*? ¿Qué requería más inteligencia: que el género humano hubiese programado una misma vida para cada uno de sus miembros, o que existiese el *Ulises* de Joyce, *La interpretación de los sueños* o las obras completas de Shakespeare? Sinceramente, ¿dónde operaba más técnica, industria, humanidad?

Mi certeza no se debilitaba cuando pasaba a considerar los fenómenos de la naturaleza. A este respecto, mi planteamiento coincidía plenamente con los lineamientos de la ciencia. ¿Qué retaba más nuestro entendimiento, nuestras nociones de verdad y falsedad? De un lado, que el ordenamiento del universo fuese el resultado de una explosión inmotivada, que fuese metralla coagulada en torno a gigantescas esferas, estrellas que configuraban su propio espacio y su propio tiempo y que, al agotar toda su capacidad de combustión, colapsaban sobre sí mismas, con todo su peso muerto, dando paso a una espiral inversa, a un mecanismo de succión y de prensado que aplastaba la materia sin acumularla ni activar su aparente agotamiento; que, a su vez, en la órbita de una de estas estrellas, organismos unicelulares hubiesen evolucionado durante miles de millones de años, hasta desembocar en los seres humanos de la actualidad, por la interacción de dos variables que actuaban en un circuito cerrado: de una parte, la capacidad de dejar descendencia en un entorno cambiante; de otra, la mutación endógena. Insisto: ¿qué resultaba más inaudito, increíble, fantasioso: el conjunto de estos procesos objetivos o, de otro lado, que en un momento de su evolución histórica, la humanidad hubiese acometido una transición masiva hacia el mundo virtual, como la única manera de estabilizar su supervivencia?

Sobre la bicicleta, repasaba las consecuencias que se derivaban de esta suposición. El decorado por el que yo pedaleaba, por ejemplo, ¿reproducía el mundo histórico tal y como había sido alguna vez? Si así era, ¿en qué medida? ¿Quizás lo copiaba tal y como había sido justo antes de la Gran Conexión? ¿O se correspondía, más bien, con una etapa más temprana de la historia? (Pero ¿acaso el concepto de historia sobrevivía a mi supuesto? La virtualidad, ¿creaba un mundo paralelo, o lo disolvía?) Por último, también estaba la opción de que el decorado fuese puro artificio y fantasía, que el universo nunca hubiese sido tal y como lo experimentaba. ¡Quién sabe si nuestra burbuja virtual incorporaba o no indicios del mundo histórico que una vez la fabricara y aún hoy la mantenía! Acaso las propias teorías científicas fuesen un attrezzo construido para esta irrealidad y nada tuviesen que ver con lo que sucedía en un exterior que era mucho más vulgar. Según los periódicos, habitaban la Tierra ocho mil millones de seres humanos. De acuerdo: pero ¿cuántos de ellos vivían y pensaban fuera del océano de éter? ¿Cuántos adentro? ¿Qué denotaba esta cifra en realidad? Imposible saberlo.

Falso o real, recuerdo que mi mundo revelaba por aquel entonces inercias que anticipaban esta fantasía y le daban credibilidad. Soy capaz de evocar plataformas digitales en las que el género humano consumía las mismas experiencias durante todas las horas del día. Recuerdo también un mismo artilugio portátil infiltrando todas las conciencias, a través del cual la humanidad despreciaba verdades y experimentaba mentiras, se hacía preguntas que nadie contestaba y daba explicaciones que nadie pedía. De una parte, el lenguaje no significaba; de la otra, los fenómenos no se reconocían. Pronto, los límites entre los conceptos sucumbieron al mismo ritmo que crecieron los muros entre gentes, amigos, generaciones, sexos y familias. Todos estos fenómenos eran pistas internas sobre una posible exterioridad; mi hipótesis solo implicaba un paso más allá.

Convencido como estaba de la verosimilitud de mi teoría, solo una cosa me incomodaba; y es que, al postularme como el representante de una condición universal, estuviese pecando de engreimiento o vanidad. Pero me asombraba la rapidez con la que contestaba que no, que mi vida estaba a la altura de mi suposición, que no desmerecía el contenido de mi fantasía. Sobre el eje de mi espalda recta, mis brazos se habían alargado con los años y abierto en espiral. Hijo respetuoso, hermano atento, niño educado, compañero feliz, amigo jovial, marido comprometido, amante entregado, trabajador severo, padre responsable… todo eso había sido. Alegría, euforia, pena, amor, rabia, tristeza, celos, pasión, lujuria, ambición, ira, serenidad, melancolía… excepto el sufrimiento extremo, todo lo demás lo había sentido. Había sobrevivido a los más variados estados de ánimo sin hacerme demasiado daño a mí mismo o a los demás. Tan digna como cualquiera, mi vida merecía ser arquetípica. Representaba con cierto gusto a la humanidad.

Además, mi existencia tenía una ventaja sobre otras, y es que no era heroica ni grandiosa. Este factor hacía verosímil mi lugar privilegiado en el orden de las cosas. Y es que mi hipótesis debía tener en cuenta la capacidad de los cerebros obligados a vivir la misma vida. No todos podíamos sostener la potencia creativa de un Borges, de un Gandhi, de un Whitman o una Marie Curie; no todos poseíamos la capacidad o el coraje de anudar con éxito las puntadas necesarias para dar el perfil acabado de una vida genial, superlativa. Ser capaces de darnos una explicación solvente de los acontecimientos que nos saturaban era un factor esencial para el éxito del régimen virtual que yo conjeturaba. Los participantes debían ser capaces de establecer por sí mismos las conexiones que diesen sentido a sus experiencias virtuales. Su infraestructura biológica debía estar acompasada con los desafíos que su vida social y cultural les planteaba, o lo que es lo mismo: para funcionar, el modelo único de existencia virtual no debía presentar demandas excesivas sobre cualquiera de los seres humanos que lo actualizaban. Todos debían tener cabida; ninguno quedar atrás. Así estaría escrito, seguro, en el contrato original.

También daba por sentado que el sistema de control no manipularía la genética misma de los seres humanos, adaptándola a una media universal. (Quizá en esto me precipitaba, pues era fácil vislumbrar un horizonte tecnológico en que dicha intervención fuera asumida como un asunto cotidiano.) Con todo, la verdadera fortaleza de mi argumento residía en la sencillez de sus presupuestos, en que un solo factor era capaz de imponer una vida digna a la mayor diversidad posible. A este respecto, la clave residía en que mi existencia no requería de un talento o cualidad singular. Sin duda, mis logros profesionales estaban al alcance de cualquier cerebro medio; mis cualidades morales no habían sido el resultado de un esfuerzo o disciplina especial. Como he dicho, mi vida había incorporado su riqueza y variedad mientras pedaleaba por una pendiente favorable. Aunque mis contribuciones no habían transcendido el espacio de mi profesión, me enorgullecía ser un ciudadano informado, al tanto de las principales teorías científicas y de los momentos estelares de la humanidad. Esta cultura me permitía acomodar los acontecimientos del día a día en una visión coherente y general. Era un hombre inteligente, culto, esforzado; mas lo importante era que me había sido fácil ser todas estas cosas en el seno de un ambiente favorable. De hecho, me había sido imposible no serlo. Estas capacidades habían fluido hacia mí como las lluvias de un valle se dirigen hasta el cauce de un río, a través de mil cascadas y afluentes. Todo en mí era física de primer orden, corolario necesario; no había rastro de un chispazo genial que resultase inexplicable. Lo que yo era y había conseguido, lo sería y lograría cualquier otra persona en las mismas circunstancias. De ahí que mi vida fuese la unidad perfecta sobre la que erigir mi proyecto metafísico, pues era digna, valiosa y potencialmente universal. Suponía que, en ella, ni siquiera la diferencia entre hombre y mujer tendría un gran impacto (si es que dicha oposición seguía definiendo a los cuerpos conectados).

Me preocupaba, eso sí, que mis ideas delataran la clase media a la que yo pertenecía desde el nacimiento. Cavilaba sobre el humus sociológico que, tal vez, había nutrido mi visión. Era consciente de que ningún pensamiento revelaba el elemento pequeñoburgués tanto como la suposición de que, aunque la humanidad quedase reducida a uno solo de los miembros de la clase media, las virtudes de este último la redimirían por entero. Las voces de Proust, Woolf o Thomas Mann eran claros ejemplos de ello. Yo también había añadido a mi nombre el apellido Universal.

Pronto comprendí, sin embargo, que mi extraña cosmología implicaba algo más que el testimonio de una propuesta ideológica concreta o de una perspectiva sociológica particular. Sí, con el tiempo llegué a entender que ningún fenómeno social motivaba mis ideas; ningún avance en el desarrollo técnico; ningún suceso en la historia reciente; ninguna crisis, ningún patrón climático, ninguna pandemia. Antes bien, como avancé al comienzo de estas páginas, mi fantasía respondía a la necesidad de explicarme por qué había tenido tanta suerte en un concurso (el de la vida) que repartía tanta desgracia. Claro que mi fortuna se correlacionaba con ciertas comodidades de la clase media, pero excedía con mucho esta lógica, por su carácter total. Verdaderamente, yo había sido afortunado. Tenía una familia feliz, un buen empleo, y no había sufrido ninguna desgracia. De esta certeza emergió, poco a poco, un sentimiento de alienación que acabó por ser incómodo. Al final la única manera que encontré de explicar lo inexplicable fue postulando que yo no fuera un caso aislado; que, en vez de ser la excepción (y cargar así con el misterio y la culpa de serla), en realidad yo fuera la regla; que lo que para mí era, lo fuera también para todos los demás. Mi fantasía afirmaba que mi nombre y mis apellidos eran los de la totalidad del género humano. Yo era igual que ellos; ellos eran igual que yo. Un Luis Sebastián Villacañas de Castro entre infinitos otros, la complacencia, el orgullo, el alivio y la moderada alegría con que me relacionaba con mi vida eran los mismos que sentían los otros Luises hacia la suya, pues interactuaban con cada uno de sus rasgos (incluido su nombre) de la misma manera que yo lo hacía. A fin de cuentas, era imposible no hacerlo. Todos éramos el resultado de la misma fórmula mimética.

La conclusión era que en el mundo no existía el sufrimiento, ni tampoco la tragedia. Si la desgracia me había pasado de largo, entonces no había rozado a nadie. Y he aquí la ganancia psíquica que, en última instancia, extraía yo de la plenitud de esta ficción. El carácter universal y compartido de mi feliz existencia disolvía los únicos rasgos negativos que, a la vez, podía yo sentir hacia ella: la incomodidad, la culpa y —sobre todo— el pánico, la angustia extrema que tomaba posesión de mí cada vez que me planteaba la posibilidad de que, con un cambio de viento, la tragedia asomara finalmente sus fauces y yo, como una veleta, no lograse resistirla. La persistencia de mi suerte no podía contrarrestar este temor en el futuro; necesitaba certezas. Ante este escenario, no me conformaba con menos que con la imposibilidad del sufrimiento, y eso precisamente —la imposición, por diseño, de la vida buena— es lo que garantizaba mi visión.

Os preguntaréis dónde quedaba la muerte violenta, la enfermedad torturante o el abuso. ¿Dónde la mujer violada, el hombre abatido, el niño humillado? ¿Dónde el hambre, la peste, la guerra? ¿Dónde la vejez que, de un día para otro, siente que nada la sostiene? ¿Qué había sido de todas estas cosas negativas, de todas las evidencias de que el nuestro era un valle de lágrimas, tan amargas que solo los bosques del rencor y del odio podían crecer en sus tierras? ¿Qué había sido de la sangre que regaba por igual urbes, desiertos y praderas? ¿Y qué del padecimiento profundo que, sustrato a sustrato, civilización sobre civilización, había cimentado la historia del género humano sobre el planeta?

Sí, uno veía el sufrimiento, lo escuchaba, hablaba de él, lo comentaba, pero la clave de mi universo era que el aullido nunca emergía de su propia garganta. En mi mundo no existía el dolor en primera persona: esa era mi solución. El mal se desarrollaba siempre y solamente alrededor, siempre y solamente en los demás, en otra parte. Uno se encontraba con gente, con seres humanos a los que el dolor desgarraba por dentro, y gracias a ello aprendía a definir el sufrimiento, a comprenderlo. Pero nunca lo sentía. Las noticias de dolor y tristeza existían solo como contrapunto para que cada uno apreciara su propia felicidad. Así que el dolor ni siquiera era de otro; en realidad, no era de nadie. Pues esas personas que sufrían formaban parte del mismo decorado sobre el que transcurría, ineluctable, la misma vida digna y tranquila. Algoritmos informáticos, personajes secundarios que enriquecían la experiencia virtual, detrás de ellos no había profundidad. Participaban del fondo sobre el que la misma historia se repetía. Siendo así, puesto que solo existía una subjetividad —la mía— nadie al leer esto podía exclamar: «¡Mentira! ¡Mentira! ¡Yo he sufrido!», pues nadie sino yo mismo lo leía. Por eso, si en el transcurso de estas páginas me he dirigido a algún lector, ha sido por mera costumbre retórica. Sé que los algoritmos no saben leer. Como un trueno abandonado por la luz y por la lluvia, en mi universo retumbaba solamente la voz del Narrador, que era siempre la misma. Nada había real en el desierto, excepto su voz y su palabra.

Más económica, sencilla, justa y racional que cualquier otra alternativa, mi fantasía sacrificaba con gusto la diversidad humana para prescindir de sus peores pesadillas. Esa era su contribución final: su bondad. Ni siquiera la imposibilidad de diálogo suponía una pérdida, porque la historia del género humano iba a ser escrita, jamás leída. En ninguna de sus versiones cabía la exterioridad.

Mientras avanzaba hacia las afueras de mi pueblo, cada nueva pedalada desplegaba las consecuencias negativas de mi visión. Empezaba, por ejemplo, a dudar de la realidad de mi familia. ¿Eran mis hijos algoritmos, como todo lo demás? Enfrentado a este pensamiento, no me bastaba con disfrutar de ellos, como lo hacía todos los días; necesitaba saber que existían. Mi empleo, mis intereses, mis lecturas… todo eso era accesorio. Estaba conforme con sacrificar la realidad del tiempo y la energía que dedicaba a mi institución, cuyas jornadas de trabajo incorporaban ya cierta dosis de falsedad e hipocresía. Que estas acabasen siendo el todo, no la parte, no suponía una gran pérdida. Mi trabajo, insisto, no era lo sustancial. Y ni siquiera estaba seguro de cuánto me importaría saber que mi mujer era un programa informático y no una persona real. Quien haya estado, como yo, más de diez años casado —de nuevo asumo que alguien me escucha— estará familiarizado con la costra que aparece sobre los cuerpos y las mentes de quienes integran un matrimonio. A veces llegué a preguntarme si el origen de mi fantasía no se hallaba en la brecha que, con el tiempo, se había instalado entre mi mujer y yo, en la honda soledad e incomprensión que en ocasiones sentía respecto a ella. Y de mis amigos también me había separado lentamente: poco importaba que fuesen fantasmas, o no, los que me ignoraban desde la lejanía.

Pero con mis hijos debía ser diferente. Con ellos no sentía distancia o rastro alguno de ficción; estaba seguro de que nuestros abrazos brotaban de la pasión más profunda. Cuando jugábamos en el parque o en la cama elástica me embargaba una emoción incontenible. Sobre todo, durante los breves instantes en que yo me abstraía de la inmediatez de sus gestos, de sus palabras y sus sonrisas y pensaba en los recuerdos que ellos estaban construyendo allí y entonces, conmigo. A través de estos momentos accedía a la certeza de que existía una vida distinta a la mía. Aquello no olía, no sabía, no sonaba a constructo virtual. Además, que yo fuese a formar parte de sus experiencias (igual que mis padres lo fueron de las mías) me hacía experimentar el tiempo en su continuidad, como una sustancia compartida entre generaciones. Aunque la paternidad y la infancia no podían compararse, las noches en las que daba la mano a mis hijas mientras ellas se dormían me hacían recordar cómo me sentía yo cuando era mi padre quien me leía el cuento y yo quien me dormía. Rescataba el fervor que entonces sentía: la alegría, la sensación exultante de ser un buen hijo, de ser querido, de que la vida era amable y generosa conmigo. Décadas después, desde el extremo opuesto de este vínculo, me daba cuenta de que el encanto de tender la mano a mis hijas era inseparable del recuerdo de usar los anchos dedos de mi padre como almohada. Sin este contraste, la paternidad palidecía. Porque lo intenso, ahora, era el contraste, no mi vida.

No, mis hijos no podían ser un algoritmo. Cuando el pequeño Darío me abrazaba y mesaba la barba, cuando me tocaba uno a uno los ojos, los labios, las orejas, y se llevaba mi nariz a la boca y me la chupaba; cuando me tocaba el pelo y luego el suyo, y después hacía lo mismo con nuestros ombligos, entonces realizaba un acto de reconocimiento de mí y de sí mismo, de padre y de hijo, diferentes pero unidos. Y cuando mi hija Valentina, la mediana, habiendo fracasado en sus intentos por besarme en la boca (no la dejaba) ponía su cara a escasos centímetros de la mía (nuestras narices se rozaban) y distorsionaba su rostro con muecas que sacasen de mí ora un gesto de asco impostado, ora una carcajada, entonces hacía de nuestro intercambio juguetón el vehículo de nuestro amor y nuestra intimidad. Una y otra vez lo repetía. Por su parte, Gabriela había inventado chistes y metáforas desde el momento mismo en que aprendió a hablar. Desde que nació tuvo personalidad. A los seis años, se sabía los nombres y leyendas de los dioses griegos mejor de lo que yo nunca lo supe cuando era mi padre quien (con el mismo libro) me los leía. No, no había vida más real. En mis tres hijos apreciaba la individualidad de la criatura, de un ser vivo que nace, crece y permanece vinculado (mas también libre) a la sangre de la que se separa.

A pesar de estos momentos incólumes, lo cierto es que el velo de mi fantasía iba haciendo mella en mi capacidad de acceder y disfrutar de la realidad. La lejanía que sentía del mundo me causaba un dolor sordo y enquistado. Mi malestar era palpable, si bien menor del sufrimiento que hubiese necesitado para convencerme de que mi vida era real y no el simulacro que yo fantaseaba. Quizá fuese este el único mal que me reservaba mi visión, mas era insuficiente para cancelarla. Intuía que el verdadero dolor se encontraba en otra parte. Por todo ello, me reconocía instalado en una falla existencial, pues solo un tormento tan intenso como el que yo jamás había sentido (y más temía) podía cerciorarme de la realidad del mundo que habitaba. Solo un sufrimiento tan agudo y descarnado como para hacerme intolerable la vida me persuadiría, por otro lado, de su propia objetividad. Pensaba en el rey Lear. Solo una desgracia que, como a él, me dejase inerte, inane, desvalido; solo la experiencia de un dolor desnudo, desalmado, gratuito, me daría la certeza de que mi vida no formaba parte de un plan preconcebido, de un régimen de control del que mi visión no ofrecía sino la versión más perfecta. Era cuestión de tiempo que la humanidad llegara a ese estadio, de eso estaba seguro. Como lo estaba de que, cuando al final lo alcanzara, la forma y el fondo de las vidas artificiales y ofertadas se parecerían mucho a la mía. La única duda que me atravesaba era si habíamos alcanzado ya ese punto: ¿mandaba ya la máquina? ¿Era yo su feliz creación?

No me atrevía a formular esa pregunta, consciente de que solo un curso de cosas muy preciso me permitiría alcanzar su respuesta. El único hecho capaz de generar el sufrimiento sobre el que yo hacía reposar el peso de la evidencia era que una desgracia aconteciera sobre esas tres criaturas que aportaban a mis días los únicos atisbos de verdad, si bien insuficientes (así lo parecía, al menos) para animarme a abrazar la vida con fe. Pero no era una posibilidad que fuese capaz de poner en palabras. De ello me estaba prohibido hablar.

De ahí que fuera una feliz casualidad que, coincidiendo con este punto muerto en mi argumento, mi bicicleta se adentrase en un nuevo territorio que merecía toda mi atención. Pido al lector (si es que lo hay) que muestre paciencia; como sucede en la vida, a veces una narración ha de abrirse para poder respirar, aunque solo sea para expulsar, llegado el momento, un último suspiro. Las calles de mi pueblo ya habían quedado atrás; mi camino avanzaba, ahora, en paralelo a unos terrenos de huerta. Pues bien, cada día, en la rotonda que daba acceso a estas tierras, unos murales de gran tamaño me saludaban con extraños mensajes y dibujos esquemáticos. Palabras en mayúscula y gigantescos garabatos saturaban la superficie de estos cuadros hasta no caber en ellos ni una letra o pincelada más. Al parecer, el autor los colocaba ahí para que los conductores los miraran al pasar. Usaba grandes tablones de madera, superficies de muebles rotos o puertas arrancadas de neveras. Cuántos desguaces habría visitado el artista, era algo que no podía imaginarme.

Las primeras obras aparecieron una mañana cualquiera, como hongos que hubiesen crecido con el rocío de la noche. Al principio no llamaron mi atención; de hecho, pasaron meses hasta que reaccioné a ellas desde la bicicleta. Después me limité a dar alguna vuelta más alrededor del extremo interno de la rotonda, pedaleando lentamente para apreciar su contenido desde cierta distancia. Quien me viese entonces desde el cielo asociaría mi trayectoria a la de un planeta orbitando el sol. Pero cuando percibí que las composiciones cambiaban de una semana a otra, me incorporé al centro mismo de la rotonda para poder asomarme a su interior con tranquilidad. Me gustaba caminar de un cuadro a otro sin urgencias, paladeando su sabor amargo y oxidado mientras el cielo clareaba y la huerta recuperaba el color. Al fondo empezaban a diferenciarse las montañas violetas. Incluso las mañanas en las que había abundante tráfico, se respiraba allí un silencio calmo. Empecé a pasar mucho tiempo en esa isla en el centro del asfalto. Salía antes de casa y, aun así, llegaba tarde al trabajo.

En la rotonda, el artista disponía sus obras en dobles filas, internas y externas, como sucede en las estanterías en las que no cabe un libro más. Para exponerlas, las apoyaba sobre cualquier poste, farola o matorral, y a veces creaba conjuntos relacionados. ¿A qué hora colgaba sus murales? ¿Cómo hacía para sortear el tráfico con semejante infraestructura? Fantaseaba con esconder una cámara de grabación entre la espesura, registrar el horario del artista y abordarlo algún día con preguntas. Seguirlo hasta su casa, quizás. Además, mi interés por su obra crecía en la medida en que nadie parecía hablar de ella. Un museo de dolor crecía a las puertas de mi pueblo, pero nadie se hacía eco: ni siquiera el periódico local o la estación de radio. Su arte estaba a la vista de todos, pero no parecía verlo nadie. Durante el tiempo que pasé en medio de esa rotonda, ningún conductor me hizo señal alguna o comentario. Y las pocas veces que me crucé con ella, la policía pasó de largo.

Un día decidí escribir a mano los mensajes de los cuadros. A continuación, reproduzco los que transcribí de los murales que el artista repuso durante las pocas semanas en las que me tomé la molestia de copiarlos. He separado por comas los textos que pertenecen a cuadros diferentes:

«Los asesinos dan así muerte con sirenas», «Ejecución», «Basta de persecución y tortura», «Deteniendo el crimen», «Torturas día y noche», «Detención día y noche», «Detención asesinato», «Basta de torturas», «Detención», «Ejecución con sirenas y ruido día y noche», «Stop asesinando con campana, sirenas, aviones y metro», «Stop torturas», «Destrozando por odio», «Todo por odio», «Basta de rodearme, torturarme y asesinarme», «Ejecutando por odio», «Basta tortura hasta matar», «Policía secreta intentándolo con el metro», «Ahora hasta el final», «Bajo tortura y asesinato», «Torturando por odio», «A sirenazos con ambulancia», «Ya basta», «Van veintitrés años intentando destrozarme», «Basta de intentar

destrozarme», «Detención verdugo con ambulancia», «Tortura y muerte día y noche Resistencia 23 años», «Controlando a los despiadados», «Fascistas sin ley», «Tortura y crimen», «Tratamiento contra el fanatismo», «Stop ejecución con aviones», «Colaboración criminal», «Stop ejecución con ruido día y noche», «Basta de torturas», «Basta de tratar ejecuciones», «Sus detenciones Camuflaje ambulancia», «Basta de tortura», «Destrozando por odio Ya basta», «Se gesta la tormenta», «Detención», «Conductas fanáticas», «Stop masacre por odio», «Stop ejecución con aviones», «Todos a la cárcel», «Detención de los verdugos», «Cada cosa a su tiempo», «Detención», «Stop ejecución con aviones», «Stop ejecución con aviones y sirenas», «Detener torturado y muerte», «El asesino Lo torturan y asesinan El torturador», «Detención, tortura y asesinato», «Verdugos con sirenas y ruidos», «Utilizando ambulancias», «Stop», «Stop ejecución día y noche», «Ejecutores con bus», «Stop despliegue para destrozarme», «A golpe de ambulancia», «Deteniendo fusilamiento», «La condenación», «Actuando con ambulancia», «Stop ejecución con sirenas y ruidos día y noche», «Detención», «Stop ejecución a sirenazos», «Stop fusilación con sirenas y ruidos», «Stop organización criminal», «Frenando a los del odio», «Stop tortura y asesinato», «Stop fusilación sin tregua», «Asesinos de odio», «Ambulancia», «Empleando aviones», «Torturando con focos», «Stop torturando y asesinando», «Dando muerte», «Zona de tortura Implicación torturas», «Verdugos sin conciencia», «Utilizando focos», «Stop empleando focos y metro», «Asesinando», «Sigue asesinando con aviones», «Frenando los focos de tortura», «Detención de los ejecutores día y noche», «Stop focos de tortura», «Linchamiento a campanazos», «Detención a los ejecutores Día y noche El odio fascista», «Aprovechando tren para torturar», «Empleo de sirenas», «Soluciones franquistas Ejecución por odio», «Pronto lo denunciaré», «Stop tortura con focos», «Aprovechando la tiranía», «La detención», «Asesinando con luz día y noche», «A golpe de avión», «A golpe *de focos», «Torturando con focos, aviones y sirenas», «Destrozo del pobre», «Una guerra para destrozarme», «Ahora con focos», «Cruces», «Su detención Autobús», «Abusando de la sangre», «A golpes de luces y sirenas», «Stop ejecución con aviones», «Focos de luz», «Locos fascistas», «Colaboración criminal Atacando con luces», «A golpes de sirena», «Destrozando con ruidos, sirenas y luces», «La detención», «La detención A golpes de luces y láser», «A golpe de avión», «Torturando con luz», «Años destrozándome con aviones y sirenas», «A golpe de luces y láser», «A golpe de campana y metro», «A golpe de ambulancia», «A golpe de moto», «A golpes de láser», «A golpe de camiones de basura y grúas», «Grupo con vehículos amarillos», «A golpes de vehículos de publicidad», «A golpe de buses ruidosos», «A golpe de tranvía y taxis camuflados», «Ya basta Focos de luz», «Toca hacer justicia».*

Durante largo tiempo traté de describir el efecto que me producían estos mensajes. Para mí, expresaban el sufrimiento de una piedra que se parte, de un terruño cuando se desangra en barro después de lluvias torrenciales. Por otra parte, además de la ambigüedad de ciertos sustantivos (el artista sufría el mal, pero a la vez lo prevenía), el lector habrá advertido el implacable retorno sobre los mismos temas y motivos. Pero el autor no solo reciclaba palabras; también las puertas, tablones y persianas que repintaba y volvía a utilizar. Así, muchas obras dejaban de existir tras un par de días para dar paso a otras que, irónicamente, eran idénticas a las que sustituían. En ocasiones, los caracteres se transparentaban desde estratos diferentes de pintura. Ante un dolor que se reactivaba cada día, el artista parecía sentir un apremio proporcional por darle salida, y lo acumulaba capa a capa, en idénticas frases escritas las unas sobre las otras. Sucedía también con los garabatos que las acompañaban: los mismos aviones y helicópteros lanzando las mismas lágrimas; las mismas ambulancias, las mismas campanas, los mismos motoristas, los mismos hombres de palo detenidos en el tiempo, inmovilizados ante vehículos y palabras acechantes. Excepto por cielos que ocasionalmente teñía de azul y de rojo, el blanco y el negro imperaban.

Sin duda, los murales hablaban de una tortura en la que luces y sonidos habían sido empleados para infringir un dolor extremo. Algunas veces dirigían la culpa sobre colectivos concretos —la policía secreta, los fascistas, los fanáticos—, pero el modo en que el conjunto refractaba la responsabilidad sobre las luces, focos, láseres, motores, sirenas y bocinas de las motos, coches, taxis, aviones, autobuses, grúas, trenes, ambulancias y tranvías, sugería una acusación más general, de índole civilizatoria. Además, el artista aseguraba que su angustia duraba más de veinte años. Por las referencias temporales que incorporaban sus cuadros, supuse que la tortura se había ejecutado en el 2000 d.C., cuando la humanidad rebosaba optimismo y celebraba los fastos de la entrada de un nuevo milenio. Acudí a los archivos del pueblo para comprobar si, en esos doce meses, las portadas de los periódicos locales registraron alguna tragedia entre sus vecinos. Mas no encontré nada. Después caí en la cuenta de que en esas mismas fechas yo cumplí dieciocho años y tuve mi primera relación sexual. Acaso el artista y yo tuviésemos la misma edad.

Pronto tuve más material sobre el que pensar. Una mañana de sábado en la que corría con un vecino por caminos agrícolas, me topé con la letra inconfundible del artista sobre la superficie verdosa de un contenedor: «Asesinado por el cielo», decía. Como mi compañero no reaccionó, me limité a registrar en mi memoria el lugar aproximado donde se encontraba la pintada, y al día siguiente me levanté temprano para salir en busca de la inscripción. Atento como estaba a su tono y caligrafía, descubrí nuevos murales mucho antes de alcanzar el lugar exacto. Las obras aparecían ahora sobre muros campesinos, casetas de aperos, colchones, postes de luz o tejados de uralita. En vez de pintar sobre superficies autónomas, el artista había dejado sus mensajes sobre los objetos del campo. «Un plan diabólico», leí sobre el antiguo portón de una alquería destruida.

La amplitud de su radio de acción me obligó a replantearme el propósito y la naturaleza de sus cuadros. De pronto, la rotonda de entrada a mi pueblo dejó de ser un lugar privilegiado para convertirse en el punto accidental en el que mi mundo y el suyo se habían encontrado por primera vez. En cambio, esta segunda tanda de inscripciones se hallaba en terrenos lejanos, a los que se accedía por el límite norte de mi pueblo, opuesto a la rotonda. ¡Quién sabía dónde apoyaba el eje central de su obra, hasta dónde alcanzaba su órbita! Fuese cual fuese la verdadera extensión de sus dominios, de una cosa estaba seguro: su arte hundía sus raíces en esta tierra de campo. De ahí que hubiera elegido un espacio de transición y de frontera, como la rotonda, para hacer llegar su mensaje a los habitantes de mi pequeña ciudad. Para ese museo reservaba la versión final y más depurada de sus cuadros, los mismos que en el contexto de la huerta conservaban un aspecto más agreste y espontáneo. Pese a su secretismo, era obvio que el artista deseaba hacerse comprender.

Pero ¿qué deseaba comunicarnos? Mi interpretación se consolidó con el descubrimiento de las nuevas inscripciones, aunque el contenido de estas no variara en lo esencial. Entendí que, bajo los estratos insondables de su dolor y su locura, la obra del artista conectaba con un fenómeno concreto y un espacio real. Su detención y tortura coincidían con la destrucción de la huerta a manos de las fuerzas urbanas. Desde algún lugar asolado por las autopistas y el asfalto, el artista reaccionaba al lenguaje de la ciudad sin entenderlo. Como una lombriz subterránea, sentía el ruido y la luz de los vehículos, pero no lo que significaban. Cual nativo que permaneciese fiel a costumbres milenarias, se negaba a comprender la racionalidad del invasor. Ni quería, ni podía adaptar su sensibilidad. En un estado de agitación desesperada, había hecho el penoso esfuerzo de aprender las formas elementales de un lenguaje pictórico que le permitiese denunciar el crimen ante aquellos que lo estaban perpetrando. Como muchos antes que él, se había mirado en el espejo de los invasores solo para hacer inteligible su imputación. Eso lograban sus cuadros. Al orientarlos hacia los criminales, les mostraba quiénes eran ellos cuando él los contemplaba.

Mientras pedaleaba por el último tramo de mi ruta hacia el trabajo, con la mente todavía sujeta en los murales y los cuadros, no podía evitar pensar en aquella otra construcción que apareció un buen día en las proximidades del cementerio de la capital. Hasta que las autoridades la derribaron, pude distinguir sus contornos desde el coche, cuando visitaba con mi familia el jardín zoológico, que se extendía por un solar adjunto. La noticia alcanzó las páginas marginales de algún diario. Un hombre del centro de África, harapiento y desangelado, había levantado con sus manos una casa de adobe a las afueras de la ciudad; lo había hecho con maderas, cartones, plásticos, agua y tierra de la huerta cercana, según el modelo de construcción de su aldea natal. Creaba pequeñas estructuras con materiales desperdigados que después aseguraba cubriendo de barro. La edificación tuvo pronto varias estancias, y cuando le preguntaron por qué las necesitaba, el hombre respondió que su mujer y sus hijos estaban a punto de llegar. No paró de añadir habitaciones hasta que las autoridades destruyeron su casa, por estar en suelo público. A él lo internaron en una institución, escudándose en que sufría problemas de salud mental.

Ya en el trabajo, mis jornadas transcurrían con la regularidad y la cadencia de un reloj. Apenas salía de mi despacho, donde leía informes oficiales y tenía encuentros con clientes a quienes aconsejaba. Una mañana, nada más llegar, recibí la resolución de un trámite burocrático que había iniciado hacía unos meses. El resultado fue negativo para mis intereses. Sentí que, a mi alrededor, el mundo se desmoronaba. Sin pretenderlo, empecé a llorar. El trámite era fácilmente subsanable; las consecuencias, minúsculas; mi reacción, desproporcionada... mas no conseguía contener las lágrimas. Mi respiración se entrecortaba y, cuanto más trataba de controlar el llanto, más fuertemente convulsionaba. Sin que nadie me viera, salí del despacho, tomé las escaleras de emergencia, salí a la calle y me refugié bajo la sombra de un árbol. El aire fresco me hizo bien. Frente al edificio había un parque donde encadenaba mi bicicleta todos los días. La busqué con la mirada: allí seguía, mi fiel compañera. Más tranquilo, cogí el teléfono, llamé a mi padre y empezamos a hablar de asuntos cotidianos. Le pregunté cómo estaba mi madre, si había hablado con mi hermana recientemente... Tras unos minutos de conversación pensé que ya podía abordar el asunto burocrático, pero de inmediato retornaron el sofoco y las lágrimas. Era incontrolable. Desarbolado, dejé que mis pensamientos se conectaran unos con otros según la ley de su errancia. Mientras duró mi discurso, mi padre permaneció en silencio al otro lado.

Le hablé de una pareja de amigos cercanos que había perdido a su hija pequeña cuando esta se atragantó en la escuela, a la hora de comer. Pensaba en ellos todos los días. Cada vez que miraba a mis hijos, me venía ella a la cabeza. La ambulancia se retrasó, nadie supo reaccionar, entró en el hospital inconsciente, falleció unas horas después. De esa desgracia, pronto iba a cumplirse un año. Yo no podía vivir en un mundo en el que esas cosas pasaban; me daba demasiado miedo, no podía soportarlo, no querría vivir si me ocurriera. Incluso había decidido el tipo de suicidio que emplearía si algo así me sucediera, arrojándome a las vías del tren. Pensaba en mi mujer, en mí, en nuestra familia, en todas las cosas que podían haber salido mal y no lo hicieron; en todos los cruces en los que un vehículo podría haberme arrollado debido a una distracción cualquiera; en todas las veces en las que había llevado a nuestros hijos en mi bicicleta; en todas las ocasiones en las que Gabriela, Darío y Valentina habían echado a correr por el paso de cebra, sin mirar antes a ambos lados. A poco que un vehículo hubiese cruzado en ese instante; a poco que el pavimento hubiese estado húmedo, el freno gastado… De hecho, ni siquiera estaba seguro de que esas desgracias no se hubiesen consumado; mi cerebro las registraba; seguro que seguían ocurriendo en algún sitio. ¿Cómo estar ciertos de que este mundo no era uno entre infinitos otros, nada más que el destilado de todas las desgracias descartadas? ¿En cuántos universos paralelos mi familia había sido destruida por la muerte? ¿En cuántos era yo un ser taciturno, enfermizo y solitario?¿En cuántos había fallecido antes de cumplir cuarenta años, a manos de un cáncer, un suicidio, un accidente?

Le conté que vivía obsesionado con la idea de que la vida era un programa informático al que teníamos los cerebros conectados. No es que creyese en esta suposición —le dije—, es que no podía descartarla; no lograba despedirme de ella y me seguía a todas partes. Llevaba un año dándole vueltas. Mi padre me pidió que le explicara bien la idea y juntos recorrimos sus implicaciones, tal y como lo he hecho en este escrito. Tratamos de entender el origen de mi fantasía, su razón de ser. Durante la conversación, él me escuchó pacientemente y al final pronunció las únicas palabras que podían haberme calmado. Lo hicieron, por algún milagro. Me dijo que yo me conformaba con poco, que por eso me sentía afortunado. Pero habría otra gente a la que seguro que mi vida le resultaría deprimente y anodina. Después añadió que si yo me conformaba con poco era porque siempre había vivido con miedo, desde que era un niño. Miedo a que, yendo a una cena, él y mi madre muriesen en un accidente de tráfico; miedo a que unos desconocidos raptasen a mi hermana; miedo (más tarde) a los viajes, a la noche, a las fiestas con amigos. Miedo a las mujeres, al sexo, a las drogas. Miedo a la irrelevancia en el trabajo. A la vejez y a la muerte. A que la vida no tuviese sentido.

Desconozco si sus palabras fueron el último recurso de la máquina para domesticar mis pensamientos, o el mensaje sincero de un padre preocupado. Nunca lo sabré, y poco importa. Me calmaron. Esa noche tuve un sueño. Llevaba a mis hijos conmigo, en los más variados vehículos, a través de todos los periodos de la historia: en carrito, en coche, en avión, en bicicleta, en carroza, en cohete, a caballo. Me vi remando con ellos por las orillas tranquilas del Tigris y el Éufrates. Todos los caminos se abrían a mi paso y yo siempre tenía la preferencia. No existían el norte ni el sur, el este ni el oeste; ni siquiera me lograba orientar la luz del sol. No seguía un rumbo fijo ni una meta porque los cruces avanzaban sin diferencia. Podía ir donde quisiera, pero en cada quiebro del camino me aguardaban augurios de dolor, alertándome y dándome la bienvenida.

Me desperté sobresaltado. A mi lado, la mano de mi mujer dormida reposaba sobre la mía. Desde más allá de la atmósfera, allende los confines del género humano, llegó a mis oídos el rumor quebradizo de un agujero negro. En la línea divisoria entre la luz y la oscuridad, en su horizonte de sucesos, pude verme a mí mismo asomando la cabeza, escalando por los giros ascendentes de nuestra galaxia en espiral, con la mirada puesta en las estrellas, mientras el vacío y la catástrofe seguían creciendo debajo.

El rey abeja

Soy un rey que vive solo en un castillo. Su tamaño es infinito. Mi reino son las tierras del mundo.

Mi mujer me abandonó. Alguien nos echó una maldición y ella fue incapaz de soportarla. Nuestra hija acababa de nacer y los tres dormíamos juntos en la cama. La niña se quejó, mi mujer se la colocó en el pecho y el bebé calló en seguida. Apenas pude retener su voz en aquel llanto, pues un par de horas más tarde, cuando volvió a quejarse, su lloro ya sonaba diferente. El amanecer lo confirmó: ese bebé no era el nuestro. Avisé a todos los sirvientes. Movilicé a las tropas del reino. Nadie sabía exactamente qué estaba buscando, porque solo nosotros reteníamos el rostro de nuestra hija en nuestra mente. Me acuerdo de los gritos de la reina mientras deambulaba por palacio, cuando de todos sitios le traían bebés para que los viera. Yo sostenía a la niña impostora, no porque me hubiese encariñado con ella sino para hacer, por contraste, la ausencia de mi hija más intensa. A veces la reina volvía conmigo, miraba fijamente al bebé y me preguntaba: «¿Verdad que no es la nuestra? ¿Verdad que no es ella?» Yo le aseguraba que no, aunque muy pronto eso dejó de importar. A la noche siguiente, el bebé volvió a cambiar tras el primer llanto. La reina no había querido dormir con él, ni amamantarlo. Cuando entré en la habitación con el recipiente de leche, intuí a la luz de las velas los rasgos de un rostro distinto. Lo alimenté a pesar de todo y, cuando se durmió, fui a ver a la reina: «El bebé no está. Hay otro en su lugar, pero es un varón. No es nuestra hija». Mi mujer lo miró solo una vez y con su violento aullido anunció que nuestra maldición no admitía sombra de duda.

La reina fue la primera en desaparecer. Aquel grito fue su despedida del mundo. Hoy, mi vida transcurre en el interior de una habitación. Paso el día jugando con el bebé con el que amanezco, acariciándole la piel, poniéndole crema, haciéndole cosquillas en la barriga, si es que eso le gusta. Sobre todo, lo huelo. Retengo muchos olores diferentes. A veces, cuando los bebés duermen, los dibujo. Comparo los bocetos que hago, a ver si algunos se parecen. No lo creo. Ya he olvidado el rostro de mi hija. Ni siquiera recuerdo su llanto. Pero tengo la certeza (y el honor) de haber alimentado algunas noches hasta seis bebés distintos. Del total, nunca llevé la cuenta. Hay noches que ni siquiera los miro (voy con los ojos cerrados, tengo sueño, no quiero despertarme enteramente) ni me preocupo por saber si estoy alimentando al mismo bebé o a uno diferente. Todos tienen el mismo cuerpo caliente. Todos respiran igual de fuerte. Sus pulmones apenas caben dentro de sus cuerpos. Todos se quedan dormidos de la misma manera. Ninguno pesa más de lo que aguanta mi brazo.

No sé dónde van estas criaturas cuando desaparecen. Espero que alguien se ocupe de ellas. Supongo que existen más personas como yo, que toman parte en esta rueda de cuidados. Y supongo que disfrutarán de más tiempo para estar con ellos, aunque esto también he aprendido a relativizarlo. Soy el responsable del primer día de vida de estos niños, eso es todo. Me veo como quien dispensa una función. Al principio me preguntaba de quién serían las criaturas que estaba criando, pero ese detalle también he aprendido a ignorarlo. He llegado a la conclusión de que nadie sabe si su bebé es suyo o es de otro. Esto, que antes se decía con malicia de cualquier padre, ocurre con la madre también. Todavía me acuerdo de la reina. Me la imagino viviendo en una pequeña cabaña, emparejada con cualquier campesino, criando sus propios hijos. Ojalá alguna noche, por azar, me haya ocupado de ellos. Ojalá hayan pasado por mis brazos. Así los podría considerar un poco míos. En un mundo diferente, yo hubiese sido el agricultor que vive hoy con ella. Podríamos haber estado al frente de una familia normal.

Pero estas cuestiones me resultan muy lejanas, creedme. No tienen sentido en la oscuridad de una noche con llantos. Uno confía en que está criando su propio bebé cuando, en verdad, su bebé está conmigo y lo que tiene en los brazos es el hijo de otro. Además, también los padres que tienen la oportunidad de ver a sus hijos sienten que los están perdiendo, continuamente, a medida que crecen y se convierten en otras personas. Lo único importante es que cese el hambre, muera el frío, vuelva el sueño y la vida prosiga. Nada más. Sospecho que formo parte de un plan universal, de un orden cósmico por el que todos los bebés del mundo han de pasar al menos un día con los padres de otros. A lo mejor tú alimentaste a mi hija cuando desapareció. A lo mejor tu propia hija pasó por mis brazos. A lo mejor tú mismo fuiste uno de los bebés rodantes de los que yo me hice cargo. Debemos ser agradecidos.

Otras veces me pregunto si mi función tiene que ver con mi puesto de monarca. He revisado los tratados del reino en busca de alguna ley antigua que diga que todos los recién nacidos han de recibir los cuidados del rey. Sería una forma de asegurar su lealtad. No la he encontrado. Aun así, me placería que los bebés que vigilo fuesen los mismos súbditos cuya vida veo desarrollarse a lo lejos, más allá de los muros, jugando, trabajando, muriendo sobre mis tierras.

Pero existe otra posibilidad. En ocasiones me parece que oigo ecos de risas lejanas. Entrecortados por los llantos, me llegan suspiros, gemidos, ecos que parecen diálogos. Serán fantasías, me digo, cacofonías de otras épocas en las que el castillo se vestía con cientos de telas distintas. Pero ayer se me ocurrió que, tal vez, en cada una de las estancias viva una copia mía. En el castillo existen miles de habitaciones; mi alcoba se encuentra en el extremo oriental. De pronto imaginé que mis sosias del ala este acompañaban a mis súbditos durante su infancia, como yo lo hago durante el primer día. Que los del ala sur velaban por ellos en la adolescencia, haciéndose oír entre el clamor de sus cuerpos. Que los del ala oeste, en cambio, les cuidaban durante la mediana edad, durante sus crisis perpetuas. Y que los reyes del ala norte les darían la mano en la vejez y, en el último suspiro, se la apretarían.

La visión me reconforta. De ser cierta, aún estaría cuidando de mi hija.

Las tres plagas

La amistad y la ley, sin previo aviso, nos dieron la espalda. Quienes habían sido amigos, de pronto ansiaban robarse los objetos más valiosos. Yo los atraje con libros que siempre habían deseado para ellos, colocándolos sobre el pollo de las ventanas, a la vista de todos, lanzándoselos después, cuando estuvieron cerca, junto con otros muebles y objetos pesados.

Nunca imaginé que la codicia hubiese deshecho a tantos.

La segunda plaga es la que me produce más dolor. Comienza a la mañana, con gente marchando al trabajo. Y acaba a la noche, cuando la misma gente vuelve y descubre que, en su ausencia, sus familias han caído en desgracia. Sus casas se han vuelto oscuras, están llenas de basura, huelen mal. Algunas se han incendiado. Quienes vivían con dignidad, duermen ahora agolpados frente a soportales rotos. Además, de muy lejos comienzan a llegar familias que ocupan sus puestos; personas que se han hecho tan ricas como ellas se han vuelto pobres; gente sin escrúpulos, con sangre en las manos (ni siquiera joven, aunque sí muy bella).

Tras la plaga de la pobreza, vino la niebla de la interioridad. Aparecía en cualquier lugar cerrado, como un mal olor. Invadía casas, escuelas y recintos de trabajo. Creímos que la mejor manera de acabar con ella sería rompiendo puertas y ventanas, hasta lograr que el mundo entero fuese solamente exterioridad. También hubo quien se resistió y, en medio de la plaga, prefirió encerrarse en casa y poner el universo en cuarentena. Llenar los fosos, bajar las rejas. Pero ningún sonido volvió a salir de sus edificios desde entonces: ni un aullido de gozo, ni un suspiro de alivio. Cuando hace poco los destruimos, no encontramos a nadie. Sospecho que entre sus infinitas alcobas se encontraba el origen mismo de la plaga.

Nosotros seguimos destruyendo. Después de muchos años, el ruido de los martillos y las mazas jubilará pronto al de los picos y las palas con los que solían enterrarnos. El aire pronto estará limpio, cuando caiga la última casa. Fuera de sus tumbas, nadie volverá a morir.

El asno rey

Después que el barbero gritara el secreto al hoyo que cavó en la ribera del río, y después que las cañas que allí crecieron se lo susurraran al viento, y el viento a los árboles, y estos revelaran al mundo que el rey Midas tenía orejas de burro, el monarca convocó a su pueblo frente a las murallas del reino y les dio la siguiente explicación.

—Admito que el sátiro Sileno me engañó, que caí en su trampa, que convertí a mi única hija (la viva imagen de su madre fallecida) en una estatua dorada, y que no expulsé mi maldición hasta que me bañé en las aguas del río Pactolo, como sugirió el oráculo. Y el polvo de oro se despegó de mi cuerpo como si fuese sudor. Pero mi verdadero error solo llegaría más tarde, cuando acepté ser juez en la batalla musical entre los dioses Pan y Apolo, y este último, al resultar perdedor, hizo crecer en mi cabeza unas orejas de burro. Para ocultar la anomalía, pedí a Hefesto que ensanchase mi corona y, mientras tanto, me dejé crecer el pelo. Mas pronto parecí un animal más que un hombre, así que tuve que recurrir a un barbero. Pese a su alegada prudencia, en pocos días le venció la tentación.

Midas dejó sus enormes orejas al descubierto.

—Son grandes, ¿verdad? —prosiguió. —Pues debéis saber que me permiten escucharlo casi todo. Y así escuchando, ¿sabéis qué oigo? Un error tras otro. Día a día enriquezco mi sapiencia entre interminables listas de errores, ajenos y propios. Mientras mi conciencia me recuerda los pecados del pasado, mis orejas registran todos vuestros despropósitos. Y, en verdad, ya no tengo refugio al que escapar; pues, cuando me encierro en mi alcoba escucho mi propia conciencia, y cuando salgo de ella, son vuestros errores los que me inundan el tímpano, como agua sucia, y de ahí pasan al martillo, al yunque y al estribo, donde repiquetean con más fuerza todavía. ¡Ni la fragua de Efesto iguala el clamor de vuestros yerros martilleando en el tambor de mis orejas!

»Mas no hay estribo capaz de acelerar nuestra marcha. No hay avance en el camino a la virtud. Ni la conciencia ni la memoria sirven de nada. Vamos demasiado despacio. Todo lo que tocamos, se marra. Todo lo que rozamos, se contagia. Ya lo decían los antiguos: somos figuritas construidas con excremento de caballo. De error en error, dejamos nuestro rastro sobre superficies de piel, vello o corteza, y en todas fracturamos algún nervio, alguna fibra, alguna cuerda, lo mismo en el cuerpo de una mujer que en una brizna de hierba. Nada queda igual a nuestro paso. Nada se enriquece; todo lo devaluamos.

Midas vio que unos niños jugaban con sus trompos sobre la superficie de una piedra lisa. «Como los dioses cuando nos arrojan al mundo», pensó.

—Somos cual peonzas que giran locamente en torno al error, que es nuestro eje. A cada instante cambiamos de rostro, mientras nos queda fuelle. Desacompasados siempre con el ritmo de las cosas, chocamos y las dañamos torpemente. Golpeamos los objetos y los cuerpos sin cuidado, igual en el sexo, que en el ocio, que en el trabajo. Mas pronto llega el día en que nos fallan las fuerzas, en que caemos al suelo y ya no nos levantamos. Somos viejos. Durante unos instantes vemos el mundo tal cual es, en sus justos colores. Apreciamos, al fin, cómo se mueven y la velocidad que tienen las cosas; sabemos qué necesitan; entendemos qué deberíamos hacer… pero ya es demasiado tarde. Solo vemos con claridad porque nada en nosotros se mueve. Morimos.

»Y puesto que vivir es errar, una cosa os pido: ya que no os juzgo, no me juzguéis vosotros a mí. Mis orejas me dicen que tampoco vosotros sabéis controlar vuestro odio, que no hay día en que no perdáis la paciencia con los hijos, ni semana en que no transforméis a una persona cercana en una estatua de rencor, con vuestros escarnios. Sí, soy tan buen rey como vosotros súbditos y, tan convencido estoy de que nos merecemos unos a otros, que por estas murallas sagradas juro que, si conocierais a alguien que no hubiese cometido, jamás, error alguno, abdicaré sobre él y me convertiré en el más fiel de sus súbditos.

En esto pasó un labriego montado en su burro, siguiendo el perfil de sombra que proyectaban las murallas para que el animal no sufriera. No había escuchado el comienzo del discurso, mas sí la última frase, a la que no dudó en contestar de la siguiente manera:

—Estimado monarca: vi a este borrico salir al mundo con el morro por delante, en el parto más rápido y limpio del que jamás he sido testigo. Y desde entonces no le he visto cometer ningún error. Nunca se equivoca cuando elije el mejor árbol para ponerse a la sombra; tampoco cuando escoge la hierba más fresca que crece al borde del río, ni cuando toma el camino que evita las piedras que cortan y los senderos resbaladizos. Desde mucha distancia, sabe identificar y alejarse de aquellos chiquillos que, con sus hondas, le tirarían piedras si pasase junto a ellos; y también evita los árboles que dejan caer punzantes castañas desde lo alto, o las hierbas floridas que, por muy bien que huelan, si las comiera le causarían malestar. Además, es todo un galán. Siempre se ha apareado con la hembra que mejor lo ha recibido, y de sus entrañas han nacido diez mulos y otros tantos pollinos, todos ellos trabajadores fuertes y sanos. A diferencia de nosotros, rey Midas, él ha sido un padre tan bueno que ni siquiera ha tenido que estar con sus hijos para criarlos bien. Los días de asueto, pasea a mis nietos por el campo con una delicadeza que ya la quisieran, para sí, sus propias madres. Finalmente, como amigo y compañero, nada malo puedo decir: cuando empuja el arado es él quien me corrige para que trace la línea más recta; y cuando cae la noche sabe evitarme si llego a casa triste y borracho, enterado como está de que aprovecharía cualquier oportunidad para azotarlo. En fin, es el vivo ejemplo de inteligencia: sabe cuándo levantar el vuelo y cuándo bajar la cabeza. Algunas de estas cosas las supo al nacer, otras las ha aprendido; pero juro ante los dioses que nunca se ha equivocado. Ha hecho más cosas a medida que las ha ido aprendiendo, pero aquello que ha hecho siempre lo ha hecho bien. Por consiguiente, rey Midas, te recomiendo que legues tu corona a este borrico mío, que en todo te mejora. Pues seguro que llevará nuestros asuntos con la mayor virtud y la menor jactancia.

Y a nadie sorprendió que la corona le cupiese tan bien, ni que sus orejas tuviesen la misma medida.

SE PUEDE PISAR EL CÉSPED

Mi viaje empezó mucho tiempo atrás, siendo yo portero del equipo de fútbol de mi pueblo, cuando me destrozaba los codos y las rodillas en los rugosos campos de tierra. Recuerdo a mi madre protestando de que hubiese roto tan deprisa los pantalones, mientras curaba mis caderas magulladas con rascones. Mi viaje continuó, después, con mi admiración por los campos de césped de los colegios privados, los mismos cuyos equipos después nos goleaban, aunque el entusiasmo por jugar en esos prados celestiales lo compensara todo. Y prosiguió más tarde, cuando, tras acabar el colegio su jornada, mis amigos y yo inundábamos el parque de nuestro pueblo y nos deteníamos ante las superficies de hierba y el cartel que nos vedaba el paso: *Prohibido pisar el césped*. Esa sensación de rabia me acompañó toda la infancia. Después acabé el instituto, conocí a María, conseguí un trabajo, nos casamos y tuvimos a Gabriela, nuestra primera hija. Y pensé que esa rabia ya se había terminado. Pero llegó el día en que María quedó embarazada de nuevo (esta vez, de Valentina) y debió guardar reposo. Así que, cada día, nada más llegar del trabajo, yo ponía a Gabriela en la silla de mi bicicleta y nos íbamos juntos al parque a pasar la tarde entera.

Ahora las cosas han cambiado, claro: Darío ha nacido, somos muchos en casa, y Valentina ha crecido hasta convertirse en una niña capaz de eclipsar el sol. A sus siete años, Gabriela tiene celos de ella y a menudo se enfada conmigo, cuando no debiera, y me pide cosas que sabe que yo no le puedo dar. Pero por aquel entonces vivíamos una suerte de romance epocal. Nada podía separarnos. Siempre ha sido una niña muy despierta y yo le dejaba hacer lo que quisiera. Y es que, en verdad, nunca hacía nada malo. Un día, en el parque del pueblo, se le ocurrió pisar el césped para ver qué había dentro del tronco hueco de un olivo. Una vez allí quiso pintarlo con el barro de la tierra regada, y yo le hice un pincel con briznas de hierba, una cuerda y un palo. Después cogimos más palos todavía e hicimos casitas para ardillas alrededor del árbol. Gabriela las decoraba con flores y arrancaba hojas anchas de la hiedra para que fueran los platos en los que colocaríamos su comida. Cuando andábamos cogiendo piñas, se acercó el jardinero y nos dijo que no se podía pisar el césped. Yo no entendí muy bien sus palabras, inmerso como estaba en el sueño que había fabricado Gabriela; el jardinero me repitió que no podíamos pisar el césped, pero yo no quería salir de ese sueño (no todavía), y él insistió en que no podíamos pisar el césped, y yo por fin le pregunté: ¡¿por qué no?! Era verano, hacía calor, la hierba estaba fresca, había sombra bajo el olivo. Mi hija podía tumbarse y hacer volteretas sin daño, y yo acompañarla sin miedo. Me dijo que no se podía. Pero si no se puede pisar —le contesté—, si no se puede tocar, si no se puede usar, si no se puede disfrutar, entonces ¿para qué sirve? Me dijo que eso, él, no lo sabía. Le contesté que, si tanto le molestaba lo que estábamos haciendo, llamase a la policía. Así lo hizo. Cuando la policía llegó me repitió que no se podía pisar el césped, y yo contesté que no sabía qué demonios hacía pagando los impuestos que costeaban este parque municipal. A partir de ahora, no iba a pagar por nada que mis hijos no tuviesen derecho a tocar siquiera. Los agentes trataron de razonar conmigo. Me dijeron que, si todos los niños pisaran el césped, este se echaría a perder en seguida. ¡Pues que se eche a perder! —les grité—. ¡Al menos así servirá para algo! Yo era mecánico: sabía que las cosas se estropeaban, pero jamás se me ocurriría pedirle a un cliente que dejase de utilizar su coche para no tener que repararlo. Si el césped se echaba a perder, que invirtieran más dinero en cuidarlo, que para eso servía: para gastarlo en cosas que mejoraban la vida a la gente. ¿No era ese el cometido de un presupuesto municipal? ¿No entendían lo absurdo que era todo?

A estas alturas, los policías habían dejado de escucharme y trataban de expulsarme a la fuerza del parque. No contaron con el resto de las familias, quienes, en el momento en que los agentes quisieron ponerme las manos encima, amenazaron con interponer sus cuerpos y montar una verdadera trifulca. Para entonces sus hijos ya correteaban por la hierba y no la iban a abandonar por su propia voluntad. En vista de las circunstancias, los agentes desistieron, no sin antes pedirme que les diera mis señas de identidad, que les proporcioné gustosamente. Una semana después recibí una notificación por la que se me informaba de que había sido acusado de un delito de resistencia a la autoridad, del que podía derivarse una pena de prisión de tres meses a un año, o una multa de seis a dieciocho meses. Se me citaba en el juzgado en la fecha indicada. Todo lo que pasó después es historia conocida. Perdí el juicio y pagué la multa. Pero la noticia ya había corrido como la pólvora entre los vecinos del pueblo. Junto con algunos de los padres que me defendieron aquel día, fundamos un partido político y nos presentamos a las elecciones locales, en las que terminé siendo alcalde. Mi historia se dio a conocer en los medios de comunicación. Me hice popular. Seguro que recordáis el primer cartel electoral, aquel en el que aparecía mi hija Gabriela saltando en el césped, cuando apenas tenía cuatro años y me quería tanto que su amor era el aire que yo respiraba. Durante los siguientes cursos políticos, el partido consiguió dar el salto a nivel nacional. Repetíamos siempre el mismo mensaje, que se convirtió en nuestro único lema: «Se puede pisar el césped». La gente captó el símbolo en seguida y pronto recibimos miles de adhesiones: las de asociaciones de padres y madres, organizaciones educativas, colectivos de vecinos, clubes deportivos, agrupaciones juveniles, sindicatos de estudiantes, plataformas ecologistas y de consumidores, cooperativas agrícolas, asociaciones de pediatras, pedagogos, jueces, arquitectos y paisajistas, y muchos otros grupos más. Todos ellos nos votaron. Gané las elecciones.

Señorías: mañana, en el primer consejo de ministros de mi nuevo gobierno, la única propuesta de nuestro programa electoral se convertirá en la primera ley de la legislatura. En este país por fin se podrá pisar el césped. Y después vendrán los colegios, los hospitales, los ríos, los bosques, la Tierra… y todo lo que el pueblo quiera que venga.

LAS PERSONAS MENSAJERAS

En el patio de la escuela, los niños atosigaban a Valentina para que les contase muchas historias. Harta de su fastidiosa insistencia, en el siguiente recreo decidió darles una lección.

—Hubo un tiempo —empezó a narrar Valentina— en que las palomas dominaban el mundo y nosotros éramos sus personas mensajeras. Sabían el lenguaje de los humanos, manchaban su pico en el barro y escribían sobre hojas secas. Hacían garabatos que nadie, excepto ellas, sabía descifrar. Por aquel entonces, las palomas eran grandes y gordas como faraonas, pues no hacían más que leer y escribir. Y para mandarse sus cartas solo tenían que hacer una cosa: volaban hasta nosotros y dejaban caer su mensaje en nuestra oreja. A veces ni nos dábamos cuenta y seguíamos con nuestra vida como si tal cosa; ni siquiera notábamos cuándo otra paloma nos apoyaba sus patas en un hombro, nos extraía el mensaje, y se lo llevaba al nido para poderlo leer.

Mientras proseguía con la narración de la historia, una paloma descendió del cielo y se posó frente al mar de niños que escuchaban embobados. Como si formara parte del cuento, la paloma rayó con su pico sucio sobre un trozo de papel del suelo, dejando sobre él marcas visibles. Después lo arrugó en una bola pequeña que se metió en la boca, y avanzó decidida hacia el niño más cercano. Se llamaba Juan y estaba en la primera fila. Cuando el ave estuvo lo suficientemente cerca, dio un salto, aleteó sus alas durante unos segundos (para darse impulso) y se abalanzó sobre Juan, sobre su oreja derecha. Cerró sus garras fuertemente sobre su hombro y el cuello, y después —bien aferrada— introdujo su cabeza en el oído, tocando el tímpano del niño con su rugoso pico. Solo entonces el propio Juan y el resto de los chiquillos rompieron el hechizo que Valentina había construido con su voz hipnótica; habían estado siguiendo los movimientos del ave como si formasen parte de la historia. Hubo tumulto, griterío y escandalera, y se levantó una nube de polvo que solo se dispersó cuando el timbre puso fin al recreo y mandó a cada uno hacia su aula.

Excepto Valentina, que permaneció en su sitio hasta que volvió el silencio y el polvo se dispersó. Solo entonces acabó la historia:

—A veces ocurría que las personas mensajeras, todavía con la carta escondida en las orejas, se adentraban tan profundamente en sus casas que las palomas no podían alcanzarlas para completar la transacción. Y si esta demora se prolongaba más allá de algunas horas, entonces los porteadores de las cartas empezaban a transformarse ellos mismos en palomas. Primero dejaban de caminar como personas, luego se les caía el pelo, se les encogía el cuerpo y les crecía el pico, las alas y las plumas. Y al poco eran incapaces de hablar.

Con esto se levantó del suelo y volvió a su clase.

Hacia el final del día, los efectos del hechizo ya eran perceptibles en el pobre Juan. Cuando Valentina lo vio salir del colegio y meterse en el coche, rumbo a casa, notó en sus andares el curso inexorable de una mutación animal. Las miradas ignorantes de las maestras atribuían el extraño vaivén de su cabeza al peso excesivo de la mochila sobre su espalda. Parecía un martillo percutor, golpeando hacia adelante y hacia atrás. Pero Valentina sabía la verdad.

A la caída de la tarde, Juan se quejó a sus padres de un dolor agudo en oídos y garganta. Le irradiaba hacia el resto de la cabeza, desde el arco de la nuca hasta la punta de su nariz. Movía torpemente los brazos y las piernas y decía que le costaba vocalizar (como su familia hubiese notado de no haber sido por su horrible ronquera). Sin urgencias, sus padres lo enviaron a la cama, atribuyendo los efectos a una gripe pasajera. Durante unos minutos al menos, Juan también creyó que el sueño repararía todos sus males; pero en seguida lo empezaron a visitar los malos sueños, pesadillas en las que sentía la mirada inquietante de Valentina y la voz histérica de niños que lo llamaban «Juan Palomo». Y entonces lo entendió todo.

A la mañana siguiente, sus padres no quisieron despertarlo y, para cuando su madre apartó las sábanas, su hijo ya se había convertido en un pichón. Había agrupado su pelo alrededor para hacerse un nido. A los pies de la cama había una libreta escolar en la que, a altas horas de la noche, Juan había logrado garabatear unas palabras: «Mamá, llévame al colegio».

Su madre leyó el mensaje, arrancó la página y metió a su hijo en el asiento delantero del coche. Condujo sin freno hasta la puerta de la escuela, donde aparcó y comenzó a llamar al timbre con insistencia. Llevaba a Juan Palomo entre sus manos, envuelto en su nido de pelo. Por el ruido que se filtraba desde el otro lado de la valla, supo que era la hora del recreo. En cuanto les abrieron, Juan Palomo se liberó de los brazos de su madre y rompió a volar para buscar a Valentina desde el cielo. Su madre admiró atónita cómo su hijo alcanzaba en pocos segundos la copa de los pinos más altos, desde donde distinguió a Valentina frente a la marabunta de niños que, como siempre, le reclamaban un cuento. Juan Palomo descendió hasta sus pies, como lo había hecho la paloma del día anterior.

—Es tu amigo Juan —dijo su madre, resoplando, como si la niña no lo supiera. —Por favor, ayúdalo.

Casi con desprecio, Valentina impuso silencio, se sentó en el suelo y añadió un nuevo final a su historia:

—Las personas pronto descubrieron la forma de recuperar su apariencia humana. Solo tenían que escribir un mensaje en un papel y encontrar en quien depositarlo.

Juan Palomo giró su cuerpo a duras penas, moviendo sus patitas hasta que tuvo a su madre delante, quien entendió la intención detrás de sus gestos y le entregó el papel que había hallado junto a su cama esa mañana. Su hijo lo dobló meticulosamente con el pico e hizo con él una bolita, que apretó y apretó hasta que le cupo en la boca. Alzó de nuevo el vuelo. Estuvo trazando círculos sobre el colegio, pero al final decidió alejarse un poco, pues lo atraía el verde de los campos y el rumor del agua en las acequias. En las alturas había un silencio agradable y el cielo brillaba azul de primavera. Se atisbaban las montañas al fondo. Juan Palomo disfrutaba de la brisa que le hacía surcos entre las plumas del abdomen mientras planeaba, lentamente, hacia una caseta rodeada de huerta. Había visto a un anciano que dormía en una hamaca atada a la sombra de dos pinos.

Saboreando sus últimos instantes como ave, se posó en uno de los bordes de la hamaca e introdujo el papelito en la boca del anciano, aprovechando que roncaba. Supuso que al viejo no le importaría convertirse en paloma y disfrutar de este bello paisaje, desde el cielo, antes de morir. Él, en cambio, debía apresurarse; como a Ícaro, no tardarían en caérsele las plumas. Pero, sobre todo, Juan quería llegar al colegio antes de que terminase el recreo para tener, así, algo de tiempo para estar con sus amigos y contarles su historia. Él también quería entregar su mensaje. Mientras volaba de vuelta a la escuela, no sabía si su cuerpo temblaba de frío o de alegría.

El hombre que amaba a las gallinas

Cuando la madre de Ramón murió, cobré el seguro, vendí la casa y los dos nos instalamos en una pequeña granja a las afueras de la ciudad. Lo primero que hice fue comprar una gallina, pues había oído que pocas cosas dan tanta satisfacción a un hombre como hallar un huevo recién puesto cada día. Después de tres semanas las gallinas se habituaron y pude recoger el primer huevo. Era de color dorado y decidí hacerme una tortilla. Ramón acababa de subir al autobús del colegio; era entonces cuando yo desayunaba habitualmente, así que puse la sartén al fuego. En cuanto rompí el cascarón me quedé perplejo al ver que, en medio de la yema, había un sacapuntas. ¿Qué milagro era este?, me pregunté. Subí al coche y conduje hasta la tienda de animales. Le conté a la propietaria lo que había sucedido y aguardé una explicación. En vez de dármela, la mujer ladeó la cabeza hacia atrás y entornó los ojos, como si mi presencia fuese el enigma y no el inverosímil suceso que había compartido con ella. Mirándome fijamente, me preguntó de dónde venía. Le expliqué que me había mudado hacía pocas semanas a la casa de campo frente a la gasolinera. Me contestó que ese terreno se erigía sobre un antiguo cementerio indio y que era posible que la magia de ese pueblo se hubiese filtrado hasta la gallina. «A veces los animales forman parte de un plan divino para ayudarnos», me señaló. Inquieto, me despedí.

En el coche traté de entender el significado que aquel sacapuntas podía tener para mí. Recordé que, el día anterior, Ramón me había preguntado por él, porque no lo encontraba y, al parecer, lo necesitaba para hacer un proyecto de la escuela. Le dije que no lo había visto. Eso era todo: el sacapuntas apenas estuvo en mi mente unos segundos. Y sin embargo, fue suficiente para que la gallina me leyese el pensamiento y supusiese que recuperarlo sería un motivo de satisfacción. La mujer de la tienda debía estar en lo cierto. A partir de entonces me aseguraría de que, cuando la gallina volviera a leerme la mente, yo me encontrara pensando en algo verdaderamente importante. Y no tenía dudas acerca de lo que necesitaba: dinero. El seguro de vida se agotaba y la granja distaba mucho de ser eficiente.

Me apresuré en averiguar las condiciones en las que había sucedido aquel primer milagro. Por ejemplo: me preocupé por saber a qué hora exacta mi hijo me preguntó por el sacapuntas (lo contrasté con él: fue a las cinco de la tarde; era entonces cuando volvía del colegio, merendaba y hacía los deberes). Como las gallinas eran animales de costumbres, supuse que ese era el horario de la magia. A las cinco del próximo día, me metí en el dormitorio y estuve repitiendo la palabra «dinero» hasta que dieron las seis. Nada interrumpió mi ejercicio salvo una pequeña intromisión de mi hijo al inicio, quien me preguntó si guardábamos alguna foto de sus abuelos, que necesitaba para hacer su tarea. Desde mi dormitorio le dije que no. Era verdad: evité a mis padres en cuanto mi matrimonio empezó a tambalearse, y me deshice de todos los recuerdos cuando falleció mi mujer.

Como la pregunta de Ramón llegó al comienzo mismo de mi ejercicio, confiaba en que no hubiese tenido efecto alguno sobre mi plan. A la mañana siguiente, cuando mi hijo se marchó a la escuela, fui al gallinero corriendo y abrí el huevo allí mismo, tan seguro estaba de que iba a encontrarme un fajo de billetes. En vez de esto, salió del huevo una foto de cuando yo era niño, abrazando a mis padres. La imagen estaba plegada sobre sí misma y empapada en yema, pero aun así la pude reconocer. Pertenecía al primer viaje que hice con ellos al extranjero, cuando tenía cinco años y ellos eran una joven pareja. De nuevo, las palabras de Ramón se habían entrometido en mis pensamientos y depositado en ellos la semilla que el fruto de la gallina acabó haciendo realidad.

No repetiría el mismo error el día siguiente. Mientras estuviese encerrado en mi cuarto, ordené a Ramón que no se dirigiese a mí en ninguna circunstancia. Pasé allí dentro cuatro horas, tumbado en la cama, repitiendo «Dinero, dinero, dinero» sin cesar. No me desvié un ápice de ese pensamiento. Mi hijo ni siquiera se acercó a la puerta; no lo oí respirar. Estaba seguro de que esta vez la gallina atendería mis plegarias. Al día siguiente amanecí con más expectativas e ilusiones que nunca, mas tampoco hallé dinero en el nido de paja. Solo encontré pena, frustración y rabia. Apenas pude contener mis lágrimas cuando, entremezclado con la yema del huevo, vi el rostro de mi mujer. Tenía el brazo sobre mi cuello. Me besaba. Yo miraba feliz a la cámara que ella, con el otro brazo, parecía sostener. De nuevo el huevo escondía una fotografía, pequeña y plegada, esta vez de mi mujer y de mí mismo, de nuestros primeros meses de noviazgo, cuando Ramón ni siquiera era un pensamiento porque ella era lo único en lo que yo pensaba. Recuerdo que algunos meses después de tomarnos esa fotografía rompimos nuestra relación por primera vez, y que esa también fue la primera imagen que quemé. Cuando la echaba de menos, odiaba esa foto tanto como la amaba, porque capturaba mejor que ninguna el hálito de mi mujer, esa esencia suya que se le escapaba por la boca cuando reía y en su risa yo podía escuchar su corazón. Tenía una risa entrecortada, y entre carcajada y carcajada parecía que fuese a morir. Así que, cuando murió de verdad, yo ya estaba preparado. Me entrenó su risa. Y nuestras rupturas. Al final nos reconciliamos, nos casamos, nació Ramón… pero durante todo ese tiempo tuve la sensación de que me estaba hundiendo en una tristeza insalvable y amarga.

Al llegar de la escuela, Ramón me encontró con la cabeza hundida entre las manos, llorando de cara a la mesa. Sentía que el encuentro con la foto de mis padres había abierto una compuerta, largamente sellada, que ahora me creía incapaz de cerrar. Algo había crujido en mi interior y me daba miedo no tener fuerzas para levantar siquiera el saco de huesos que ya era mi cuerpo. Sobre todo, temía no ser dueño de mis pensamientos: el hecho de que, durante las horas que permanecí encerrado en mi cuarto, yo hubiese repetido en voz alta mi deseo —dinero, dinero, dinero— pero mi mente inconsciente se hubiese dirigido hacia mi mujer muerta y los escasos meses en los que fui feliz con ella. Me pregunté si valía la pena invocar de nuevo a la gallina, proseguir con ese ritual. Decidí darle una última oportunidad. A fin de cuentas, estaba cayendo por una empinada pendiente que no estaba seguro de poder remontar, aunque quisiera.

Igual que hice con el pienso de los animales, dejé el desayuno, la comida y la cena de Ramón preparadas. Metí el coche en el garaje, eché el candado a la verja y cerré todas las puertas, para que los vecinos pensaran que no estábamos en casa. Desactivé los relojes y apagué todas las alarmas. Esta vez no habría cálculo posible; mi entrega sería total. A duermevela, sonámbulo entre la noche y el día, gritaría mi deseo hasta que ni mi cuerpo ni mi mente pudiesen soportarlo más. Confiaba en que la gallina entendiese que, pese a mi debilidad, mi deseo era claro y único, y mi esfuerzo verdadero.

Cuando salí de mi cuarto y, después, de la casa, el cielo estaba nublado. Ni la luz ni la posición del sol delataban la hora que era. Cogí y abrí el huevo con sumo cuidado, como si fuese una perla labrada por una ostra durante años. Pero ni el transcurso de siglos me hubiese preparado para lo que encontré en su interior. Allí dentro estaba Ramón, mi hijo. No una foto suya, ni un doble, ni un muñeco, sino él mismo, que me miraba desde dentro de la cáscara del orbe. Pequeño como era, sus ojos relampagueaban como dos estrellas. Su voz retumbaba entre las paredes del huevo y se amplificaba hasta llegar a mis oídos de forma clara. Avergonzado, me dijo que la gallina mágica estaba atendiendo sus deseos, no los míos. «En cuanto me dio el sacapuntas que perdí, empecé a pedirle más cosas; una foto de los abuelos, una en la que aparecieses tú con mamá… porque las necesitaba para terminar el árbol familiar que me habían mandado hacer en la escuela. Pero pronto quise otra cosa: que tuvieses tantas ganas de verme a mí, papá, como las que demostrabas cada mañana al ir a ver los huevos. Quise sentir lo que significaba ser mirado por ti de la manera en la que los mirabas a ellos. Cada día, nada más subir al autobús, te veía correr al gallinero, como si te aguardase allí tu verdadera familia. Así que pedí a la gallina que me metiese dentro de un huevo. Hoy mi deseo se ha hecho realidad. Estaba desayunando en la oscuridad de la cueva en la que me has obligado a vivir durante días, cuando de pronto se ha roto el techo y he visto la luz de tus enormes pupilas mirándome a mí solamente, con ilusión y esperanza. Como nunca lo habías hecho».

Al nacer, rompemos un huevo. Después, vivimos en otros. Mi hijo ya no crecerá más, ni yo tampoco. Para él soy un gigante, para mí él es un enano. Veo mi enfermedad en la suya. Todas las mañanas me ocupo de él; todas las tardes, todas las noches. Estoy aprendiendo a hablar para que me entienda, para que mi voz no sea un huracán que lo arranque del sitio. Estoy pendiente, a cada segundo, de que no se lo coma ningún animal. Le he preparado una pequeña jaula de barrotes que me cuelgo del cuello y que le permite estar conmigo siempre, en mi pecho, cuando recojo la cosecha, cuando aro los campos, cuando siembro. Me ayuda a regar, él que se ahogaría en un vaso de agua. Para comer, le basta con un grano de arroz. Duerme metido en un guante. Sacia su sed con el rocío de la noche. El dinero ha dejado de ser un problema. Ramón está feliz. Dice que todavía lo ilumina y da sustento el eclipse de mis ojos.

Polvo serán

Al poco de nacer mi tercer hijo, recuerdo haber llegado a la conclusión de que la humanidad se dividía entre quienes detenían sus vehículos ante el paso de cebra en el que yo esperaba, paciente, con el asa del carrito en mis manos, y quienes pasaban de largo.

Pero la idea que determinó mi destino no fue esa. Ni siquiera fue mía. En realidad, me la había dado, años antes, un ciudadano anónimo del pueblo de mi mujer, cuando me mudé allí con la idea de alquilar un piso y casarnos. Entre las pocas cosas que traje conmigo estaba un coche de segunda mano, que no tardó en estropearse. Como la avería era importante, el taller me ofreció un vehículo alternativo mientras los mecánicos lo reparaban. El coche de repuesto llamaba la atención por su tamaño minúsculo y su color fucsia brillante. Tan ridículo era, que en la primera rotonda que tomé de vuelta a casa, un individuo me lanzó una naranja desde lo alto del balcón de una finca cercana. Me dio un susto de muerte. Por suerte, la fruta reventó con el impacto y esparció su pulpa por la luna delantera. Tuve que bajar a limpiarla.

No hubo daño, pero aquel impacto plantó una semilla en mi mente. Años después, cuando un conductor imprudente estuvo a punto de atropellarme a mí y a mi hijo sobre la bicicleta (por no darme la preferencia cuando yo la tenía), se me impuso con luminosidad cristalina la idea de haberle lanzado una fruta podrida y mancharle el coche antes de que desapareciera. A partir de entonces, me propuse dar una lección a quienes así ponían en peligro el bienestar de mi familia. Esa misma tarde instalé en mi bicicleta una cesta delantera. Sin embargo, por miedo a que las frutas pudiesen causar algún daño, decidí sustituirlas por huevos. Un vecino criaba gallinas en su casa de campo y nos los regalaba. Con ello, además, aumentaría el simbolismo de mi acción; un huevo roto tenía la connotación de una vida perdida, y ese era el efecto que buscaba causar para agitar las conciencias. Mas no el cristal, sino el corazón de los conductores era lo que yo deseaba quebrar cuando me los imaginaba limpiando —viscosos cual manchas de sangre— los restos de yema reseca.

Durante las próximas semanas tuve ocasión de lanzar muchos huevos. Pero los coches nunca pararon. Tampoco lo hicieron cuando empecé a arrojarles piedras. Ni siquiera se detuvieron un momento cuando el cuerpo de mi hijo golpeó contra sus ventanas, el día en que finalmente nos atropellaron. Con rabia, les lancé mi bicicleta, pero no hicieron caso. También les tiré el amor de mi mujer, cuando se divorció de mí. Pero tampoco entonces los coches pararon. Ni siquiera cuando yo mismo hice un proyectil de mi cabeza y me lancé contra ellos. Ni aún después, cuando mis cenizas alcanzaron las nubes del cielo y, desde allí, seguí lanzándome contra sus cristales, cual kamikaze escondido entre la lluvia negra, y con cada gota mi cuerpo estallaba en un odio que todavía pervive más allá de la muerte.

Horizontal

En cuanto empecé a escribir, empecé a pensar en la muerte. Las dos cosas vinieron a la par, cuando tenía doce años. Con esto no quiero decir que no aprendiera a garabatear palabras antes, sino que fue a los doce años cuando inicié mi primera obra pensada para la posteridad. Lo recuerdo: era un tratado de historia natural en el que embellecía las mismas ideas que, días antes, me habían enseñado en la escuela. Lo escribí en el ordenador de mi padre, quien buenamente me abrió un archivo para que pudiera acceder a él de tarde en tarde. No acabé el texto, pero recuerdo cómo empezaba: «Desde los años de oro hasta los nuestros…» La fastidiosa pompa de la frase no ocultaba mi plena conciencia de que, si había empezado a escribir, entonces algo había ya degenerado.

Mi primer encuentro con la muerte había sucedido años antes, cuando asesinaron a un reputado profesor a escasos metros del piso donde vivíamos, muy cerca de la universidad. Supongo que sigue en pie la columna que rememora el lugar del atentado. En cuanto escuché la noticia me asomé al balcón, creyendo que desde allí podría ver la mancha de sangre. Días después quise dramatizar el asesinato en mi salón, así que me tumbé descamisado en el sofá, con una bala de papel apoyada en la cabeza y un reguero de kétchup goteándome hasta el pecho. Quería que mis padres me encontrasen así al levantarse. Al final me eché atrás, pero después le conté a mi madre todo lo que había imaginado.

La siguiente experiencia que recuerdo fue un sueño que tuve con veinte años. Iba en el asiento trasero de un coche, cuando, después de un brutal accidente, el vehículo empezaba a dar vueltas de campana que tardaban cada vez más en completarse, que levantaban cada vez menos ruido cuando golpeaban el suelo, y que se envolvían en un manto cada vez más denso de oscuridad… hasta que la imagen se petrificó en un silencio profundo y negro. Me desperté convencido de que acababa de experimentar mi propia muerte, precisamente porque había sido testigo de lo que sucede cuando incluso la muerte deja de ser tuya. Había accedido a la oscuridad más densa y silenciosa, pero no lo había hecho desde mí mismo (pues estaba muerto) sino desde fuera de mí. Había sentido mi muerte desde la muerte, la nada desde la nada misma.

Durante mucho tiempo pensé que la muerte era eso. Así me lo sugerían voces amigas que, tras ingerir una droga alucinógena, me hablaban de la disolución total del ego y su ingreso en la nada originaria. «Hay que tomar ácido para sentir tu propia muerte», les oía decir. Pero en mi sueño no había tenido la sensación de haber formado parte del principio de nada. Más bien, creía haber llegado al final de un camino, de haber accedido a lo que permanece cuando a tu alrededor ya no queda ningún sitio.

Con los años llegué a descubrir que la muerte es un lugar concreto y que aquel sueño no versó sobre ella, sino sobre la negación de mi propia vida. Las razones por las que mi mente perpetró tal rechazo, solo puedo comprenderlas ahora. Si los sueños realizan un deseo reprimido, aquel cumplía el deseo de dejar de desear tantas cosas: tantos cuerpos, tantos ojos, tantas risas, tantas bocas, tantas vidas ajenas como las que yo deseaba a la edad de veinte años. El deseo más intenso, mas también el intenso deseo de dejar de sentirlo: esa fue una constante en mi vida —como también lo ha sido, querido lector, en la mayoría de estas historias. En ellas, el temor a la locura y a la muerte han convivido con mi atracción hacia ellas como probable fuente de alivio y tranquilidad. La necesidad de satisfacer mis deseos, sí; mas también la expectativa de liberarme algún día de esa necesidad perentoria. El goce de amar, de conocer, de abrazar, de juntarme; pero, junto a todo ello, el miedo a que el deseo que no cesa y siempre se renueva rompiese los vínculos que había construido hasta entonces, empujándome desde direcciones contradictorias. La exaltación del deseo, sin duda; mas también el temor a que mi cuerpo reventara, se desangrara, se partiera por un desgarro demasiado violento. Disfrutar del mayor de los goces, de acuerdo; pero a la vez el deseo de lograr la descarga final. Gozar del deseo, mas también el deseo de no gozar más.

Un año antes de que me diera el infarto que me quitó la vida, un chequeo médico rutinario reveló que tenía un corazón demasiado grande y un latido peligrosamente irregular. Aunque los médicos se alarmaron, a mí no me sorprendió. ¡De qué otro modo habría sido capaz de sintetizar emociones tan intensas como las que me habían acompañado desde que tenía conciencia! No podía imaginarme las contorsiones y los forzamientos que mis ventrículos musculados habían tenido que hacer de forma cotidiana para absorber las pasiones que golpeaban mi corazón sin descanso, noche y día, para asimilar todos esos amores, frustraciones y odios que había sentido desde niño, sin romperse en mil pedazos. Para sobrevivir siquiera, mi corazón había tenido que acostumbrarse a realizar esfuerzos titánicos. Incluso de adulto, era tanta la energía que mis pasiones todavía arrastraban consigo que mi cerebro fracasaba cada vez que intentaba ponerlas en palabras. Meses después de haberlas sentido, mi voz aún tartamudeaba cuando las decía en voz alta ante un psicoanalista o un amigo, o cuando intentaba ponerlas por escrito. Pese a estas dificultades, los médicos insistieron en que debía traducir a lenguaje toda esta energía, pues solo así podría mi cerebro asumir parte del trabajo que mi corazón realizaba y retornar este, poco a poco, a su tamaño natural. Por eso empecé a escribir estas historias, precisamente como una manera de liberar mis sentimientos de la maraña de ligamentos con los que mi corazón los había encapsulado, a cambio de crecer más y más. Para cuando nació mi tercer hijo, el órgano no me cabía en el pecho. Por desgracia, aunque tenía un vocabulario rico y hablaba varios idiomas, mi cerebro nunca estuvo a la altura de la tarea y mi corazón colapsó.

Ahora que estoy muerto, puedo asegurar que los únicos escritores que han descrito bien la muerte son Faulkner y Rulfo (dos novelistas) y que clave de su acierto estuvo en su insistencia en la posición horizontal. «Estar muerto es yacer acostado», te explica un bedel en cuanto llegas al cielo. A continuación te pregunta qué horizonte querrás ver sobre ti durante toda la eternidad. Supongo que hay quien escoge un paisaje —un arcoíris que extiende sus alas sobre toda la anchura de un valle— y otros habrá que opten por el rostro querido de la madre, cuando se asomaba a su cuna y los sonreía. Durante unos segundos, yo me planteé escoger el cuerpo de mi mujer sobre el mío, verla de cintura para arriba, con el pelo suelto y un desordenado vestido, en la postura en la que me gustaba alcanzar el final de nuestros encuentros sexuales. A fin de cuentas, ese encuadre nos mantuvo juntos contra viento y marea. Pero a la postre opté por un recuerdo de cuando mis hijos eran pequeños. Y es que a los tres años un impulso irrefrenable tomaba posesión de ellos: en cuanto me veían tumbado dejaban lo que estuviesen haciendo, venían corriendo y se subían encima. Con la cabeza apoyada de lado, a la altura de mi corazón, me preguntaban: «¿Me cuentas un cuento?» Creo que solo entonces me relajaba, porque estaba seguro de que protegerlos dependía solo de mí. Sobre mi cuerpo, sus miembros ni siquiera tocaban el suelo. Yo era una isla en medio del mar.

Y así sigo, acostado, con ellos encima. Si he elegido esta forma de eternidad es porque, además del horizonte, cuando uno muere están las palabras. Quedan los recuerdos de Addie Bundren en el interior del ataúd que transporta su familia, o las historias que Dorotea y Juan Preciado comparten en su tumba en Comala. En realidad, la muerte es un carrusel de palabras donde todo lo que pienso, suena. Las frases brotan de mí como el primer humano salió de la cueva. Darío ya se ha dormido (no tengo torso, pero siento su pecho en el mío) y he de prepararme para lo que me pidan Valentina y Gabriela. Aunque sé que son espectros y no niños de verdad, me tomo muy en serio sus deseos. Cuando no reviso mis viejos relatos, invento nuevas historias. Soy mejor cuentacuentos a fuerza de practicar.

Los niños que lo habían perdido todo

Érase una vez unos hermanos que lo habían perdido todo (excepto el uno al otro) después de que un tornado arrancara su granja del suelo, con sus padres dentro, a quienes ya no volvieron a ver.

Pero el tornado siguió rodando y lanzando por los aires cosas de otras granjas cercanas. Y así fue como sacos de semillas cayeron del cielo, a los pies de las puertas donde antes había estado su casa. Y los hermanos tomaron la ofrenda como una buena señal.

Y al cabo de días llovió sobre los campos sembrados. Y de la tierra nació un perro con alas, al que llamaron Simbad: «Evitarás que vengan coyotes cuando oscurezca y nos coman», dijeron. Y el perro ladró, y los coyotes (que no estaban) se fueron, y los hermanos lo tomaron como una buena señal.

Y al cabo de días creció de la tierra un gato con alas, y antes de que se alejase volando le pusieron de nombre Pinocho: «Cazarás los ratones que se comen el grano que todavía no ha sido, de la cosecha que todavía no se ha recogido, en el granero que todavía no se ha construido. Pero todo esto será». Y el gato extendió sus patas y afiló sus uñas con gusto. Y los hermanos lo tomaron como una buena señal.

Y al cabo de días nació de la tierra un caballo con alas, al que pusieron de nombre Payaso, porque habían aprendido que ese caballo existía y así se llamaba. «Removerás el cielo y la tierra con los hierros más pesados». Y el caballo relinchó tan fuerte que su lengua cayó al barro. Y los hermanos lo tomaron como una buena señal.

Al cabo de días no necesitaron más compañía, porque habían enseñado a los animales a hablar.

Pero al cabo de otros días más, los hermanos echaron de menos el amor de sus padres y se pelearon por decidir cuál era el favorito de cuál. Pero era imposible saberlo. Porque el uno recibía más amor del padre, porque a él se parecía, pero también le exigía más; igual que el otro, que recibía más amor de la madre porque se parecía más a ella, aunque recibía menor atención.

Y así era imposible saber cuál era el favorito de cuál. Tras pelearse durante días, los hermanos y los animales estaban demasiado cansados, y nadie espantaba los buitres que bajaban del cielo para comerse los frutos.

Esa noche llovió y los niños soñaron que sus padres nacían también de la tierra. Al amanecer, los vieron sobresalir de los campos, los limpiaron de barro y los usaron de espantapájaros.

Y aunque no lograron hacerles hablar, fueron felices mientras su silueta estuvo a los pies de sus campos.

Hasta que unos ángeles sin alas visitaron la granja, les preguntaron su nombre y se los llevaron. «Pronto tendréis otros padres», dijeron.

Y los hermanos lo tomaron como una buena señal.

Nota sobre las fuentes

El cuento *Invitación de cumpleaños* recoge motivos del libro *What the Trees Said. Life on a New Age Farm*, de Stephen Diamond, publicado por la editorial Delta en 1971.

El cuento *El genio maligno* hace referencia a la obra pictórica de un artista real. Con ligeras modificaciones, los textos corresponden a cuadros que han sido extraídos del libro *Campanadas de dolor 2012-2018. Catálogo incompleto de arte anónimo y efímero en la comarca de l'Horta Nord*, publicado por la Fundación Javier Llorens en Godella, en junio de 2018.

Además del rumor de la *Comedia* de Dante en *La tierra baldía* de T.S. Eliot, el cuento *Las tres plagas* incorpora un elemento de *La máscara de la muerte roja* de Edgar Allan Poe.

En su primer párrafo, el cuento *El asno rey* emplea y reordena elementos extraídos directamente del libro *Monstruos, dioses y hombres de la mitología griega*, con textos de Michael Robinson e ilustraciones de Giovanni Caselli; concretamente del final del capítulo dedicado a la leyenda del rey Midas, en traducción de Emilia Pascual para la editorial Anaya, publicado en 1985.

ÍNDICE

Presentación 7

Los niños suicidas 9
  Mussil 11
  Penélope 21
  El niño circense 39
  La señora Woolf 47

Otras catástrofes 51
  La metamorfosis 53
  Las hijas de Gandhi 55
  Invitación de cumpleaños 61
  El genio maligno 69
  El rey abeja 95
  Las tres plagas 99
  El asno rey 101
  Se puede pisar el césped 105
  Las personas mensajeras 109
  El hombre que amaba a las gallinas 113
  Polvo serán 119
  Horizontal 121
  Los niños que lo habían perdido todo 127

Nota sobre las fuentes 129